张远灯 著

梦见太阳的时光

哈尔滨出版社

图书在版编目（CIP）数据

梦见太阳的时光 / 张远灯著. -- 哈尔滨：哈尔滨出版社, 2024.1

ISBN 978-7-5484-7714-3

Ⅰ.①梦… Ⅱ.①张… Ⅲ.①诗集－中国－当代 Ⅳ.①I227

中国国家版本馆CIP数据核字(2024)第040858号

书　　名：梦见太阳的时光
MENGJIAN TAIYANG DE SHIGUANG

作　　者：张远灯　著
责任编辑：韩伟锋
封面设计：罗佳丽

出版发行：哈尔滨出版社（Harbin Publishing House）
社　　址：哈尔滨市香坊区泰山路82-9号　　邮编：150090
经　　销：全国新华书店
印　　刷：廊坊市伍福印刷有限公司
网　　址：www.hrbcbs.com
E－mail：hrbcbs@yeah.net
编辑版权热线：（0451）87900271　87900272

开　　本：710mm×1000mm　1/16　印张：19　字数：160千字
版　　次：2024年1月第1版
印　　次：2024年1月第1次印刷
书　　号：ISBN 978-7-5484-7714-3
定　　价：88.00元

凡购本社图书发现印装错误，请与本社印制部联系调换。
服务热线：（0451）87900279

岁月流淌着家国情怀

——张远灯诗歌的抒情与表白

李晓玲

写诗就是写我们对世界的感知。旧体诗在不足以表达人们的情感时，才会有新诗的产生，新诗才会将其敏感的触角伸向崭新的天空、崭新的世界。美的诗歌是蓦然回首时惊现的风景，是沙漠旅人口渴时突然遇见的清泉，让人觉得世界因此更加昂然和澄明。这是我读张远灯先生的诗歌油然而生的感想。

张远灯先生的诗歌创作大致分为两个时期。第一时期是2010年以前，张远灯先生自幼酷爱文学，小学作文十分优异，读中学时就开始诗歌创作，大学时代获过学校诗歌比赛奖。第二时期是2010年后，这个时期是他诗歌创作的爆发期，近乎每日一首。迄今他创作的诗歌多达4000多首；激情澎湃，积箧盈筐，性情摇荡，素材广泛，有旅途见闻，闲适情调，至于游历海外，足迹踏过亚澳，多元文化冲撞下的震撼，借助心灵的邂逅，发现"不一样的沧桑之路，不一样的家国情怀"，不卑不亢，激越，丰盈。过往的经历、体验同样被诗人回味着，但慨叹的取向，感情寄托的纹路，都会出现相应的调整，明显地感觉到近十年张远灯先生的诗突发猛进，杜甫称"庾信文章老更成"，还认为庾信"暮年诗赋动江关"；面对张远灯先生不羁的诗情，不能不表示对他的感奋、敬佩。

张远灯先生既是诗人，又是哲学家，其哲学专著《选择的哲学》（30万字）由人民出版社在2013年6月出版。他的诗歌以爱情诗和红诗为主。作品里既有诗风雅韵，又含有幽邃的哲学之道。当感情消费一味地托大，变为同质化廉价的时尚时，对成长的过往毫不隐讳的表白，正所谓晴空一鹤，云淡天高，触及到"修辞立其诚"，诸多抒情、伦理交涉的环节，需要诚恳地对待。岁月静好，自居的那份豪兴，情怀所创设的抒情胜景都在重申成长的感念，恍若李云龙"亮剑"铿锵的精神在传递。诉诸的那过分完美的坚守，诚如持论阐扬"兴观群怨"的王夫之所云："始而欲得其欢，已而称颂之，终乃有所求焉"，也可谓是一脉相承，仿佛先后相互约定好了似的。对于诗人张远灯先生而言，无论《江南春雨梦西南》《红船》《玉树的挽歌》《我在天国里梦游》《初上井冈》《红色狂想》都不难看出张远灯先生的家国情怀、忧国忧民一面，其中沉淀的个体严肃应对日常的价值蕴含，感情畅快淋漓的抒发，其中的代表莫过于《红船》，该诗计由13节组成，共82行。朝霞，从东方冉冉升起／红云，越过地平线缓缓向上／从南湖驶来／载着历史的重量／向东海驶去／创造人类的辉煌／／巍巍中华／盛开五千年的文明花朵／屹立在世界东方／皇天后土／孕育了普天下的道德善良／浩浩荡荡／九万里望乾坤自由旋转／风风雨雨／一百年看世界几度疯狂……

从这首诗我们能感受到诗人发自肺腑的慨叹，犹如与心跳共同起搏的波澜，显然关联着"诗"和"远方"的心灵触碰，生命涅槃的领悟。作者的家国情怀，又显然盈溢着理想主义精神的达观与追随。从具体的写法上讲，《红船》诸节的开头，依次由"朝霞，从东方冉冉升起／红云，越过地平线缓缓向上／从南湖驶来／载着历史的重量／向东海驶去／创造人类的辉煌。"这样的主题咏叹句式相串接，一面回眸烟火战乱时期的过往，国家兴亡匹夫有责，一面思索、沉淀、蕴含，将感情淋漓尽致地抒发，接近当年郭小川、贺敬之的"政治抒情诗"的气魄。在张远灯先生的诗行里承载着满满的正能量。文字唯从自己内心，能在我内心引发共鸣，我认为就是好诗。

读张远灯先生的《梦回西湖》《飞往你的城市》《你是童话的公主》《童话王子》《吹断的雨丝》《独守》《白痴的真理》《彼岸花的咒符》《花落在日暮》《剪不断的雨丝》《倦释春容》《太阳的魔咒》《没有一片叶为谁悲喜》……这些诗仿佛都带有魔咒，花盛开在四月，又渐渐地在四月凋零，看似简单的美，又蕴藏着无数难解的谜。忘不了感情深度、情感浓度和人间温度。浅浅的诗意记载行走足迹，美美的文字倾注无限情感，所虑所思，那种情怀像风一般轻柔。从希望之芽的破土而出营造一种诗意的肃穆和隔膜的压抑。之后就不同了，他用先抑后扬的手法烘托出希望和阳光的蕴含背景，而从他的诗作里，不难发现他更加成熟，更加深沉，在不少貌似迷惑的诗句后面，其实是愈加自信的豪情告白，更喜欢他其后的诗风基调和审美意识，其中有淡淡的忧伤，有切肤的感怀，有凄美的苦痛，有深沉的反思，有格调低沉压抑的一面，也有解脱与执着的一面，失意与伤感在完成着一幅幅诀别的壮丽图景。不难看出张远灯先生智商里涵养了很高情商，无论生活怎样得罪自己都毫不动摇保持优雅，保持节奏，无论是苦辣还是酸甜，心灵一味分泌诗歌。这就是真正的诗人的样子。

读张远灯先生诗歌让人明白，没有经历写不出好诗，心底阴暗、灵魂丑恶写不出美。同时也让人明白，没有灵感与天赋，写不出来真善美的作品，编造出来的诗歌和发自内心的诗有着天壤之别。

诗歌是诗人的盛宴，那美妙难言的味道，是诗人弥久不散的缕缕香魂。生活总能给执着者以慷慨馈赠，张远灯先生几十年如一日创作，让他获得了诸多的荣誉，这些荣誉不仅仅写在纸上，登在报上，展现在屏幕上，珍藏在证书里，还深嵌在生活的心域里。张远灯先生非同凡响，也善于奋笔疾书，而且创作出了非常可观的成就。相信他不会沾沾自喜，不会在荣誉的温床上沉睡，更不会在赞誉的美酒里陶醉。

时代在发展，诗人的思维也更加活跃。我想，他会一如既往地迈开激情的脚步，紧握那支流金淌玉的笔，纵情吟诵人生赞歌和理想之歌。

目录 CONTENTS

第一章　孤帆

3　雪夜问禅
4　如我　如你
5　假如牵挂
5　江南春雨梦西南
7　红尘之恋
7　红唇之恋
8　红叶之恋
9　玉树的挽歌
10　三千年的梦
10　赴澳感怀（一）
11　赴澳感怀（二）
12　赴澳感怀（三）
13　赴澳感怀（四）
14　赴澳感怀（五）
15　赴澳感怀（六）
16　赴澳感怀（七）
17　赴澳感怀（八）
17　赴澳感怀（九）
19　雪花的记忆
20　那是一个心动时刻
20　等　待
21　五　月
21　童　话
22　天之龙舟（三首）
23　红船（朗诵诗）
25　在雨中
25　红月亮
26　流浪的流星
27　雨　季
27　夏雪飘飘
28　夏雨如梦
28　假　如
29　云　河
29　海鸥之梦
30　向往燃烧
30　夕阳在轻轻歌唱
32　望　月
33　我是一只孤独的小船
33　柳絮如雪
34　我在天国里梦游
34　秋　韵
36　流　星
36　这已不是浪漫的季节
37　雨中黄昏
38　牵　手
38　告别雨季
39　梦之红韵
40　祝　福
41　阳光之恋
41　虹

第二章　天命

45　天　命
45　数流星的日子
46　纸　鸽
46　奔向骄阳
47　湖　畔
48　远　游
49　晨　曦
49　漂　移
50　沧　海
51　遗　忘
52　寂　寞
53　坚　强
53　流星雨
54　鸿　雁
55　观　柳
55　清江湖
56　葡　萄
57　问　鸟
57　幸福时光
58　蝴　蝶
59　天　爱
60　我是浮云
60　寻　觅
61　夏　日
62　夜
62　蝙　蝠
63　勿　忘

64　雷雨声
64　七　夕
65　传　说
65　第一行秋雨
66　泪的咏叹
67　茉莉别枝
68　天　说
69　追忆先灵
70　干　杯
71　热　风
71　碧波秋水
72　梦之帆
72　秋　雨
73　初上井冈
73　红色狂想
74　秋　红
74　问　月
75　让秋风把我吹走
75　天总是那么蓝
76　湘江行
76　温　柔
77　来自冰河的爱
77　红　韵

第三章　天命之上

81　梦雪的时光
81　渔　翁
82　天命之上
82　竹之词

83	慈　祥	99	你是我暖的世界
83	山的印象	100	你温暖的目光
84	殇	100	为你写诗
84	思　柳	101	最美的相遇
85	垂钓遐想	101	舞灵王
85	流　水	102	铃声的彼岸
86	告别　不见一影红帆	102	紫　箫
87	梦回西湖	103	逆　风
87	虚　无	104	有多少秋雨为你思念
88	春　画	104	山之峰　水之湾
88	花香的季节	105	紫丫之歌
89	曾与阳光同眠	106	你是蓝
89	飘　云	106	雪花信笺
90	梦之龙舟	107	舞王紫丫
90	飘飘白狐	107	雪花为谁送寒衣
91	绿叶在歌唱		
91	谁在天命之上		
92	时光老人		**第四章　心岸**
92	谁的传说		
93	蛊与歌	111	风在旷野漂泊
93	西岭雅竹	111	舞王从草原来
94	遥	112	红太阳的吻
94	心　网	112	谁言天下
95	知　了	113	白狐的宝箱
95	告别湖畔	113	小　树
96	天湖小舟	114	阳光照亮小屋
96	醉　谁	114	纤　纤
97	白马惊天剑	115	山村随想
98	孤　岛	115	端　庄
98	你是我的性感女神	116	河　岸
99	你是为我盛开的那朵白莲	116	影　子

117	你是那天边最美的云彩		134	思雨的季节
117	倚云听风			
118	飞往你的城市			
118	有你的天空		**第五章**	**追赶太阳**
118	你是童话的公主			
119	童话王子		139	把你的笑写在春天里
120	燃　烧		139	穿越流星的美丽梦境
120	一丝光芒照耀		140	吹断的雨丝
121	你的天空还在下雨吗		140	风中的男神
121	黎明是风中的传说		141	怀　念
122	童话的春天（诗五首）		141	会飞的鱼
125	望　柳		141	及时雨
125	雨的那边		142	紧握的纤索
126	柳　丝		143	静　止
126	等待风华		143	枯柳词
127	那森林里　小树在眺望		144	苦　旅
127	人生是没有尽头的考试		144	来世相约
128	在你梦的世界		146	来自星星的你
128	时光如诗		147	冷　酒
129	心　岸		147	落花雨
129	热感动		147	绿树对我说
130	雨雾之晨		148	蚂蚁之痒
130	嫣　然		149	木　偶
131	好想为你下雨		149	南方的风　北方的雨
131	飞花似梦		150	你去哪里了
132	梦见雪花		151	祈　雨
132	为树感怀		151	燃尽的太阳
133	忘　却		152	热　考
133	流浪的太阳		153	如　果
134	桂　树		153	三峡遐想
134	极　限		154	时光的轴轮

154	天　道		174	端午梦呓
155	听　经		175	和平鸽之梦
155	完美谢幕		175	忽冷忽热的日子
156	为　谁		176	恍若梦幻之行
156	为谁下雨		176	借我一双翅膀
157	温　暖		177	今夜有雨
157	文　冰		177	静止的世界
158	无言的世界		178	哭与笑的箴言
158	舞王的爵士舞		178	酷暑之困
159	夕阳缓缓下沉		179	聆听的力量
160	仙　踪		179	没有夜的世界
161	新生的太阳		180	梅雨江上
162	行　者		181	梦在太阳的故乡
162	喧闹的鸟		181	魔鬼的声音
163	阳光能点亮黑夜吗		182	那年乡愁
163	别梦天堂		183	涅　槃
165	夜　读		183	疲惫的夜色
165	又见雪花舞寒春		184	疲惫的雨
166	雨在苍茫		184	疲乏的夏雨
166	远去的歌声		185	前世今生
167	折叠阳光		185	琴声的世界
167	追赶太阳		186	热风吹落的梦呓
168	紫墨菡香		186	嬗　变
168	紫丫的肚皮舞		187	谁为樱花歌唱
			188	深　渊
			189	十五后的月亮

第六章　梦在太阳的故乡

			190	试问晚风
			190	天　真
173	爱雨的春天		191	听雨的时光
173	八百年之虑		191	温　馨
174	独　守		191	乌云追赶太阳

192	无奈的海	210	忽晴忽雨
193	夏木清笛	210	花落在日暮
193	夏天的故事	211	荒芜的桀骜
194	香烟点燃的希望	212	江山如梦
194	消　失	212	腊八的祈福
195	星河琴声	213	来自他乡的雨
195	阳光的神话	213	冷风从天边来
196	一千年的玫瑰	214	没完没了
197	又一夜	215	没有阳光的空间
197	鱼　水	215	梅花屋
198	在武汉　再一次看海	216	怒　放
198	哲域的困惑	217	问　蚕
199	自然风	217	秋　波
200	最后一缕阳光	218	燃烧的雨
		219	人类似只可怜虫
		220	日暮　雨依旧

第七章　在林间一溪春水

		221	日　暮
		221	射日之悟
203	白痴的真理	222	谁可补天
203	彼岸花的咒符	222	神　圣
204	表　达	223	水　草
204	采　撷	224	思　量
205	苍蝇与凤凰	224	颂读史
206	穿过暴雨的光芒	225	太阳的归宿
206	匆匆人生	225	忘却的光芒
207	等一场春雨　我等着	226	无脑的思维
207	蜉蝣之恋	227	无因果
208	孤　岛	227	永恒的轮回
208	故　事	228	与风雨对话
209	黑　雨	229	雨的包围
209	红日的遐想	229	雨后残阳

230	雨　颂		248	浅梦熙
231	雨夜街头		249	青山外
231	远　方		249	倾　倒
232	在林间　一溪春水		250	人鱼畅想
232	这一世平安		250	上苍的祈福
233	最　冷		251	神话春耕
			252	太阳的魔咒
			252	天　荒

第八章　漂移的空间

			253	天　翼
			253	跳动的节拍
237	翱翔二月二		254	听月弹唱
237	苍茫秋水		254	望不穿慧眼
237	苍溟的钟声		255	无休止
238	禅　心		255	消失的荒蛮
238	晨　鼓		256	信任的流星
239	冬夜星光		256	虚　空
239	飞雪传梅		257	艳阳秋
240	蜉　蝣		257	阳光下的飞鸟
241	画　饼		258	阳光照亮金色天堂
241	荒　凉		259	夜　色
242	黄叶满地		259	一个世界里的两种对话
242	剪不断雨丝		260	迎接冰雪的日子
243	静送黄昏		260	拥挤的街市
243	倦释春容		261	月　转
244	枯　萎		261	蛛　网
245	枯柳咏		262	自由之火
245	蓝星追梦		262	走向冬眠
246	冷风中的画			
246	柳之枯荣			
247	迷失的归属			
248	漂移的空间			

第九章　无眠

265　白云空城
265　奔波之鼠送我什么
266　冰　水
266　城市的白夜光
267　冬之至爱
267　二月　不是春天
268　风雨方舟
268　赶　考
269　故乡的油菜花开了吗
269　孩子的啼哭唤醒黎明
270　花开的声音
270　画　像
271　火山口点亮香烟
272　江汉夜色
272　打开门窗
273　空　尘
273　狂风吹不倒昆仑
274　没有一片叶为谁悲喜
274　暮秋　一棵山菊
275　那只捞月亮的猴子
276　难忘围城
277　瑟　瑟
277　山　路
278　天　剑
278　天上真有黑洞
279　天　书
279　突　围

279　无　眠
280　无言三春晖
280　乡愁咏叹曲
281　行者无敌
281　眼睛看不见的天空
282　一个与世无关的年
282　一根羽毛的梦呓
283　一片枯叶的宿命
283　与黑夜对话
283　约会太阳
284　云在天涯
284　在关山　找不到秦时明月
285　站立时顿悟
285　追日神风
286　捉蜻蜓的小孩
286　自由之鸟

第一章　孤帆

雪夜问禅

漫步旷野,
眺望那殷红的霜叶,
迎风招展,
仿佛似一面面旗帜;
无垠的天空,
阳光依然明媚,
却又这般冰冷。

独上琼楼,
望不断乱云如烟;
随风浮沉,
阳光早已躲藏;
云深似海,
寒风凛冽;
乍然飘落,
悠悠白雪,
仿佛似皎洁的冬梅,
又像片片飞舞的白蝶。

记否那年,
风送香雪,
冷艳清澈;
梅花绽放,
芳魂伴随南飞雁;
双双飞走,
翩翩飞远;

迎着破晓日出,
翱翔蔚蓝长天;
珍藏记忆的梅花,
盛开在漫漫长夜,
重重叠叠⋯⋯

日暮时分,
苍天漠然遥远,
只有冷冷雪花,
随风飘逸;
再也寻不见,
弯弯的残月;
寂寞嫦娥,
黯然轻拂广袖,
知与谁来诉说;
丹桂早已凋零,
吴刚挥斧伐桂⋯⋯

怅望长天,
云涌星驰,
渺渺浩阔;
追寻那远去的鸿雁,
鸿雁飞何处,
沧海苦无边;
万水千山,
只剩下皑皑白雪;
相思串串,
相思如雪⋯⋯
便纵有——
莲花台前玉烛香,
菩提树下同心结;

怎禁得——
关山万重尘缘绝，
天地轮回禅心冷；
恰似这——
漫漫风雪夜，
独坐窗前佛法远——
我心向禅，禅心万劫；
我心问禅，禅心如雪。

2010.1.10

如我　如你

（一）

我是天边的流星，
在那无垠的寰宇；
我是远方的灯火，
在那苍茫的寒夜；
那流星梦游在星河，
那灯火闪烁在彼岸。

你要静静等待，
那流星总有一天与你约会；
你要慢慢追寻，
那灯火会把你的梦境照亮。

当你仰望蓝天，
那片飘逸的白云，
仿佛是我为你送来祝愿；
那只飞翔的鸿雁，
仿佛是我向你挥手再见。
你看这灿烂的阳光，
正温柔把你沐浴，
让你周身流光溢彩如梦如仙。
这阳光是我给你的礼物，
是彼岸的呼唤和思念。
这阳光如我，如你，
自由在此岸，彼岸。

（二）

你是天上的嫦娥，
在那广寒的凌霄；
你是云端的仙姝，
在那浩渺的河汉；
那嫦娥举袂在昨天，
那仙姝歌舞有今夜。

我要静静等待，
等待你降临在杨柳湖畔；
我要慢慢追寻，
追寻你梦游星海凤舞九天。

当我从晨光醒来，
眺望那远处的山峦；
仿佛看到玉树琼枝，
亦如你温柔的问候；
那只飞翔的白鸽，
仿佛是你清逸的倩影，
假如你此刻挥手再见。

这闪烁流金的春光，
已把我的全身吻遍，
亦如你送给我的祝愿。
我要在此岸启航，
你是否在彼岸等待；
亦如你的呼唤，
亦如我的思念。
这春光如你，如我，
自由在此岸，彼岸。

2010.3.16. 关山

假如牵挂

假如牵挂
似这依依杨柳
沐浴滔滔月光
柳絮如雪
舞动云衣霓裳
波澜不惊
伊人独自吟唱

假如牵挂
似这悠悠花香
红梅正艳
问君天各一方
樱花绽放
梦在异国他乡
踏青田野
陶醉油菜花黄

花影如君
彩蝶点点芬芳

假如牵挂
就折一枝红梅相送
记否"梅花三弄"
假如牵挂
就听一曲"樱花"绝唱
翘首日照扶桑
假如牵挂
就留一幅黄昏晚照
几回醉卧花丛
假如牵挂
就再眺望明月
明月如我
把君珍藏

2010.3.29. 关山

江南春雨梦西南

——为西南大旱而作

江南的春雨
淅淅沥沥
漫天飘洒
梦断西南
烈日如火
与水无缘

我问苍天

为何不能
让这潇潇春雨
去往西南

那里
滇池就要枯干见底
那里
迷人的漓江
早已没有波澜
那里
玉龙雪山
将失去旧时的美丽容颜
那里
如诗如画的香格里拉
将看不到绿水青山

啊　苍天
难道你要
把滇池变为荒丘泥潭
把漓江变为焦土沙滩
把玉龙雪山变为熔岩火山
把香格里拉变为沙漠荒原
把郁郁葱葱的云贵川
变为飞沙走石的黄土高原

啊　苍天
请把江南的春雨
赐给西南
我们可以不去东湖泛舟
我们可以不去西湖扬帆
甚至可以舍弃

瀑布飞流的奇观
可以不要
雨后彩虹的神话……
只要这潇潇春雨
去往西南
让久旱的云贵高原
在春雨中淋浴
洗涤满身的泥沙
抚慰满脸的伤痕
让干旱的土地
生长绿色青苗
美若草长莺飞的江南

啊　苍天
请把我的梦
从江南带到西南
我要去滇池畅游
去漓江挥桨扬帆
我还要
去玉龙雪山
踏雪寻梅
去香格里拉
与君举杯长谈……
当我的梦
在峻峭的云贵川飞翔
我将凌驾春天的翅膀
从江南飞到西南

2010.3.30. 武汉

红尘之恋

似一抹飘逝的云烟
仿佛又回到昨天
当听到第一声啼哭
睁开双眼看这陌生的世界
用你那稚嫩的小手
抚摸这纷繁的人间
用哭声和笑语
演绎一曲红尘之恋

仿佛是两颗星星
在无垠的天河碰撞
一串闪烁的火花
照亮茫茫的宇宙
尘世的生灵
凝神谛听　望眼欲穿
记否那星汉灿烂
鹊桥遥遥　柔情万千
你是否也在等待
朝朝暮暮　魂牵梦绕

也许是两颗流星
只在爱的瞬间
如火燃烧　如蝶翩翩
那灼人的光焰
随风摇曳　日渐遥远
再也不能追寻

再也不能把手牵

终于　流星在茫茫的星河里消失
朦胧的旧影再也寻不见
只留下这寂寞的星河
只剩下白云悠悠　暮霭无边

可是你还在此岸苦等
即使等不到相见的那一天
让星儿沉没　让心海枯绝
风雨不再荡起涟漪
连流星也要熄灭
连最爱也要诀别
你何必再等
走吧　走吧
离开这寂寞的荒原
去彼岸把人间的美丽寻遍
星河渺渺　青山隐隐
人生苦旅挥不去红尘之恋

2005.7.18

红唇之恋

也许这是人世间最难忘的美丽，
仿佛是午夜醒时夜来香的亲吻。
过去梦幻的百媚千娇，
惟妙惟肖把世界描绘得缤纷点点。

曾经在春风中依依走近，

手捧那芬芳的花环晶莹的笑脸。
看满天的彩蝶伴随你向远方飞去，
一直飞向那无边的原野。

难道真的孤独地走向世界的尽头，
渴望着再回首一睹芳颜。
看满山的红叶摇曳着凄冷的清秋，
如歌岁月只在弹指间白发如染。

记否九月的艳阳浪漫的季节，
多少个夜晚青梅煮酒举杯望月。
人生的舞台在红尘中摇摇欲坠，
远方的灯火在风雨中灵光再现。

再携手遥望那山峦如醉的霜叶，
绿草已枯萎，鲜花已凋谢，
那手持杖藜的老翁，
踏着夕阳归去，明日再不相见。

也许真的找不到旧时的容颜，
雨夜红妆残留在依稀的记忆。
遥远的星空曾经寻觅千回百转，
那神女的微笑恰似隔世的神韵。

滚滚红尘又一次淹没了午夜的梦魇，
浩浩星辰仿佛从天外送来千年一吻。
坠落的流星闪烁在漫漫无垠的星河，
再也回不了那曾经沉醉的梦的乐园。

2007.9.28. 关山

红叶之恋

挥手轻轻告别
荡漾在山峦
那如火的红叶
鲜花一样芬芳的神韵啊
寂静凄美的笑脸
用你那不老的容颜
赋予梦幻般的眷恋

流金岁月如歌
浪漫九九艳阳天
红叶飘飘啊
化着那比翼的双蝶
身披彩霞飞翔在旷野
款款飞走
款款飞远
一直飞向那遥远的天边

终于到了霜冻时节
西天日沉
寒云凝结
随风凋落啊
满山的红叶
晶莹的泪珠滴滴点点
不要哭泣　不要诀别

何以寄托　心已冰冷

深埋于大地
渴望着新生
你的泪珠啊
如霞如血
把冰山融化
甘泉滔滔不绝
你是东方美丽的神蝶
款款飞来
轻轻歌唱吧
笑迎又一个丰腴的春天

2004.12.26

玉树的挽歌

——为玉树4.14大地震致哀

我曾千百次寻觅，
那天地之巅的玉树琼花；
我曾千百次仰望，
那白雪皑皑的青藏高原。
当听到一声，
天崩地裂的呼啸，
我的梦在晨光中惊醒。
那遥远的青海玉树，
瞬间经历了炼狱般的沉沦。

那漫天飘落的沙土，
那倒塌的屋宇窗门；
还有那一条条鲜活的生命，
冥幻中化着了飞烟落尘。

我不信那玉树会枯萎凋零，
再也看不到旧时的美丽容颜；
我的泪把这莽莽雪原的冰川融化，
从喜马拉雅一直痛苦地流向太平洋。

我渴望化着那展翅的苍鹰，
飞到玉树哀悼那升天的灵魂，
把苦难的同胞，
送上最后的归程；
我要向上苍默默祈祷，
让他们快乐地生活在天堂。

我要用自己的双手，
扶起那一座座倒塌的城镇。
让我们一同携手，
重建更美的新家园。

我仰望，
那缓缓流动的白云；
唱一首哀伤的挽歌，
献给天堂里的生灵；
让天上和地下的亲人，
又在今夜梦里相逢……

让我们同有一个梦想，
玉树永远不会凋零；
等到明年花开的季节，
玉树又是鲜花如云；
那滔滔不绝的冰川清流，
轻轻吟唱着天籁之音。

2010.4.18.武汉

三千年的梦

三千年一个梦
恍若上苍送来隔世之吻
在夜幕降临时
在黎明到来时
在朝霞燃烧时
遥遥东方　喷薄欲出
你的笑颜　你的红唇

今夜你是否有梦
今夜你是否潜入我梦境
舞动九霄云霓
你我在星海驰骋
踏碎万顷碧波
你我在涛峰销魂
太阳和月亮
伴我们一起浮沉
那月亮是你的笑颜
那太阳是我的精灵

看太阳冉冉升起
月亮是否要沉沦
大地暖暖生辉
云海波光流金
那月亮如果走了
今夜谁与我同行

还是献上你的唇
那是三千年的梦
那是一万年的吻
那梦漫长如海
那吻甜蜜似锦

你依依向我走近
我默默把你抱紧
你我就此相拥
去彼岸踏青看云
那是三千年的梦
那是一万年的吻

2010.9.15. 关山

赴澳感怀（一）

2010.10.12-11.8 赴澳大利亚学习，余时所观，以诗记之，叹为感怀。

看海

清晨，
乘着风，
看海、看云，
风呀！
你是否送我？
伴云，
飘游在海之上……

海，
好大，好蓝，
哪里是尽头？
云呀！
伴我去寻找，
海之尽头，
是我的故乡……

天之尽头，
在哪里呀？
太阳升起来了，
我乘着阳光的翅膀，
飞向天之尽头……

海鸥，
欢笑着，
呐喊着，
伴我飞翔……
你是否也在寻找？
天之尽头。
海之上，
云之巅，
海鸥在歌唱……

2010.10.18
澳大利亚 黄金海岸

赴澳感怀（二）

2010.10.12-11.8 赴澳大利亚学习，余时所观，以诗记之，叹为感怀。

海浴

阳光，
照亮我的衣裳；
海浪，
把我沐浴。
让海浪冲破所有的衣裳，
剩下赤条条……
你，我……
这世界更
干净，
明亮。

海呀！
为什么起波浪？
是否，
海神在歌唱？
海的女儿，
要为你冲浪……

安徒生，
你来吧！
我们许久许久不相见。

今天重逢，
天是你，
云是我；
海是你，
浪花是我……

但你，
不要带走我，
我不属于大海，
我在海之上。
但你，
要拥抱我，
为我歌唱；
或者，
再给我一个新世界的童话。
或者，
告诉我——
疯狂，快乐，寂寞……

2010.10.18
澳大利亚　黄金海岸

赴澳感怀（三）

2010.10.12-11.8 赴澳大利亚学习，余时所观，以诗记之，叹为感怀。

海鸥

在大海，
展开翅膀，
天蓝蓝，
彩云为伴。
不知从何处来，
也不知往何处去，
一生眷恋，
唯一的海……

你的梦，
是天上的星光吗？
星星闪烁时，
你是否睡去？
假如真的变为星星，
从此你再也不能飞翔。

波峰浪巅，
你快乐歌唱，
白云也追随你的梦想。
我多么向往那白云，
轻轻抚摸你的翅膀。

你拥有，
太广漠的天，
你拥有，
太浩瀚的海……
你唤醒朝晖，
你依恋夕阳，
漫漫长夜，
你看星星，
舞姿婀娜……

2010.10.19
澳大利亚　黄金海岸

赴澳感怀（四）

2010.10.12-11.8 赴澳大利亚学习，余时所观，以诗记之，叹为感怀。

沙

好久好久以前，
我就诞生在这里。
那时，
还没有海，
那时，
只有很高的山，
有恐龙和怪兽。
那时，
我不是这么精细，
我很大很硬，
构成雄伟的山脉……

后来，
山变得平坦，
后来，
雨水把大地淹埋，
后来，
我沉入水底，
后来，
这里是大海。

海水天天把我冲刷，
太阳天天把我暴晒，
我的身躯越来越细，
我的样子越来越怪……
海水涨潮我变成泥沙，
留在岸边任人踏踩……

海，
我不能说出我的爱。
因为，
曾经我很伟大，
曾经，
我拥有这个世界。
海，
我还在默默等待，
等待长大的那一天，
我要把所有的水吸尽，
我要变成巨大的磐石，
我要构成雄伟的山脉
……
海，
千百年的轮回，
我正在默默等待……

2010.10.20
澳大利亚 黄金海岸

赴澳感怀（五）

2010.10.12-11.8赴澳大利亚学习，余时所观，以诗记之，叹为感怀。

我们来到英麦勤（imagine）

英麦勤，
在美丽的澳洲；
我们，
来自遥远的东方；
黄金海岸，
仿佛是一个新世纪的童话；
我们，
为英麦勤带来璀璨的花朵。

中国，
已是秋风送爽的季节；
这里，
却是温柔明媚的春光。
纵横万里，
海天苍茫……
我们，
从白云黄鹤的故乡，
来到英麦勤，
来到黄金海岸，
　　学习　冲浪。

我们，
带着好奇，
带着期待和向往。
英麦勤，
给了我们机会和希望。
这里，
有好的培训和老师；
这里，
有真诚的接待和合作。

虽然，
远离中国，
来到异域他乡。
但我们感受到——
春天般的温暖动人，
夏天般的热情如火。

在课堂，
老师为我们：
传授、释疑，
讨论、讲课；
在学校，
在酒店，
在现场，
我们身临其境，
创新开拓。
我们懂得了——
什么是教育、职场；
我们感悟了——
什么是培训、上岗；
我们体验了——

英麦勤的成功辉煌。

假如时光轮回,
我们不会离开英麦勤;
假如地球停止转动,
我们将留在黄金海岸。
也许,我们无缘再见,
但我们心中永远思念:
英麦勤——
也许,明年的春天,
我们还要飞来。
黄金海岸——
我们真的不愿离开,
真的不想,
挥手说再见!

2010.10.21
澳大利亚　黄金海岸

赴澳感怀(六)

2010.10.12-11.8赴澳大利亚学习,余时所观,以诗记之,叹为感怀。

夜雨

好远,好远,
仿佛在天边;
还有雷鸣电闪。
是否?
送来彼岸的消息;
是否?
带回久违的音讯。

伫立阳台独自看雨,
天,很低很黑;
夜,很深很冷。
是否?
你也在窗前,
数着飘坠的雨点
又想一起聊天。

这雨,
是你温柔的泪花吗?
这闪电,
是你俊秀的双眸吗?
这雷声,
是你颤动的心弦吗?

大海的那边,
今夜是否下雨?
雨点,
是否淋湿你的秀发?
滋润你的双眸?
你要躲藏吗,
怕冷雨浸透你的锦衣?
夜色茫茫,
是否?
你真的,
消失在彼岸的地平线……

雨，
已经停止；
雷声，
已经沉默；
闪电，
已经走远。
是否？
你还在看雨，
还在仰望苍天。
是否？
你在雨中哭泣
雨水淋湿你的脸。
天之涯，
海之滨，
蝶之梦，
云如烟……

2010.10.25

澳大利亚　黄金海岸

赴澳感怀（七）

2010.10.12-11.8 赴澳大利亚学习，余时所观，以诗记之，叹为感怀。

风帆

天蓝蓝，
海蓝蓝，
忽而云涌，
忽而风横。
在沙滩奔跑，
在海岸看帆。

那风帆闪烁在浪尖，
追寻片片浪花；
一只好奇的海鸥，
在风帆上舞蹈，
仿佛要与它对话。

那风帆已经远走，
那海鸥一去不还。
我独自伫立海岸，
寻找那片风帆。

太阳来了，
带来朵朵云霞。
如果我要飞翔，
就化着那海鸥，
和太阳一起燃烧。
在茫茫大海，
去追寻那片风帆。
我还要摘下一朵红霞，
送给她，
让大海跳动，
一片红帆……

2010.10.27

澳大利亚　黄金海岸

赴澳感怀（八）

2010.10.12-11.8 赴澳大利亚学习，余时所观，以诗记之，叹为感怀。

海岸线

湛蓝的海，
湛蓝的天，
长长的海岸线，
你走向哪里？
哪里是缘，
哪里是边……

海鸥，
你可知晓？
你带我向前。
那里，
十二门徒为我煮酒，
你可否与我共享最后的晚餐？
那里，
伦敦断桥向我招手，
你可否与我同行？
随断桥一起浴海重生……

忽忆起凌霄的祝愿，
记否漫天雪花！
召唤来金光闪闪。

倏忽梦回春天，
你可铭记临别的誓言？
那片白云早已流逝，
你已走开，
很远，很远……

忽忆起断桥残雪，
那是个古老的传说。
在我面前依然摇曳，
如醉的红叶；
梅花开放的季节，
你是否想去断桥赏雪？
看一叶轻帆已驶离岸边，
飘向天之尽头……
这里，
只留下空阔的地平线；
这里，
仅剩下寂寞的海岸线……

2010.11.6
澳大利亚 墨尔本

赴澳感怀（九）

2010.10.12-11.8 赴澳大利亚学习，余时所观，以诗记之，叹为感怀。

轮回湖随想

轮回湖位于堪培拉郊外，每

十二年一个轮回：十二年的湖泊，
十二年的草原。大自然神奇的轮
回……

今天，
来到你面前，
牛肥羊美，绿草茵茵；
明年，
我再到来，
碧波荡漾，水光流云。
啊！轮回湖，
你为谁？
经历着痛苦的轮回。
十二年的岁月，
吞噬着苦涩的青春。

曾经，
我是一条快乐的小鱼，
在湖水中漫游长成。
水草把我轻轻缭绕，
水波把我温柔亲吻。
你说：天长地久
湖水总会比海更深。

曾经，
我是一只快乐的小羊，
在草地无忧嬉戏狂奔。
白云随风飘逸，
小鸟歌声轻盈。
你说：
青山不老，

草原是我永恒的家园。

啊！
那天突然水淹草原，
我和伙伴水底葬身，
风儿吹拂，碧波万顷……

啊！
那天突然湖水干枯，
一片泥沙，一片风尘，
青青草丛是我的坟……

呵，轮回湖，
我要说出我的恨：
从湖泊到草原，
从草原到湖泊，
你为什么无休止地轮回？
你最自私，愚弄世人。

呵，轮回湖，
我不想说出我的爱：
假如十二年的轮回，
我能化着——
鱼的头羊的身；
或者，
羊的头鱼的身；
我就是轮回湖的神……

2010.11.4

澳大利亚　轮回湖
（堪培拉——悉尼）

雪花的记忆

在寒冷的冬季
似九天凤舞
纷纷扬扬
来自遥远的星河
曾经的记忆
恍若昨夜
如梦漫长

从遥远的过去走来
走过岁月的长河
春花秋月
冬凌夏荷
那翅膀犹如破碎的太阳
在天空闪耀神光
翩翩翱翔

也许洒落在旷野
也许坠入滔滔江河
也许走过岭南北疆
曾经在九天之上
而今在草丛吟唱
吻着泥土的芬芳

记忆中
曾经是洁净的草原
千里绿涛

风吹牛羊
记忆中
曾经是奔涌的溪流
万道波澜
如泣如歌
记忆中
曾经是寒夜的星光
茫茫云海
寂寞嫦娥
记忆中
曾经是白色的太阳
光华夺目
冷若冰河

从你的记忆走来
走过旷古沙漠
从你的记忆走来
直到地老天荒

我要忘却
你所有的记忆
等待你降临
如闪烁的星光
温柔吟咏一曲春之声
我们携手轻轻歌唱

2011.1.11. 关山

那是一个
心动时刻

那是一个心动时刻
让你在我心底深埋
春天里花开万山红遍
盼望你如鲜花绽放心怀

昨夜的酒已经冰凉
醒来时独赏窗外月色
假如你和我携手轻唱
那夜莺也要从梦中醒来

那月光真的好冷好冷
那歌声真的好远好远
你的笑容何处寻觅
仿佛嫦娥在遥远的星海

记否曾经相伴的岁月
青梅花蕊我为你摘
那星光也曾与我们同往
那是一个心动时刻

2011.3.28. 晚关山

等　待

在湖畔
看云霞漫天飞舞
忽而风生
油然云端飘雨
悄悄地湿透我的衣衫
让我回想
远方轻轻絮语……

你是天上飞来的仙女
总想伴我去看流星雨
假如我化着
那颗流星
你是否等待
等待一起去看
巫山云雨……

虽然暮春已是莺飞鸟语
天地外
飘洒着芬芳的细雨
是否
真的要去数那流星
不知今夜
是星光灿烂
还是
绵绵春雨……

2011.4.30. 洋澜湖畔

五　月

五月的鲜花

盛开在南国

那里

有白云般飘逸的芬芳

曾经陶醉

犹如美酒

为谁心悦

那里

有朝霞般飞溅的花蕊

曾经梦想

携手星河

蝶恋归来

想去看

那五月的鲜花

与梦共舞

我为谁摘

可否在

晚风沉醉的夏夜

举杯一曲

问君心悦

若今夜

你如彩蝶翩跹

红衣舞雪

梦回南国

2011.5.8. 洋澜湖

童　话

这是

一个春天的童话

只为回眸一笑

不愿你消失

在茫茫人海

江南暮春

红尘淅沥

为君一笑

却要放弃整个世界

从此

湛蓝的天空

一只小白鸽飞来

款款翱翔在

遥遥星河

滔滔云海

也许

这是夏天的神话

为了一秒钟的相逢

却要千百年的等待

那首陌生的歌谣

早已忘却节拍

谁在轻轻歌唱

今夜星空

旧时明月

蓦然想起
那古老的爱
仿佛是一个梦
瞬间化着了虚无
看雨后虹霓
闪烁晶莹泪珠
缤纷五彩
虹霓悬挂在天空
那是生命最幸福的时刻
即使瞬间消失
那精华却长留心之魂魄

也许
金色的秋天
还要
默默守望
默默等待
那流金的霞光
送来片片锦衣
天上的云朵
地下的果实
让我们同去收获

这是金色的收获
仿佛要惊醒梦的等待
摇曳的花朵点点凋零
如醉的红叶四处漂泊
看那闪烁的流星
望那皎洁的残月
今夜
你奔跑在落叶婆娑的丛林

明天
我埋葬在缤纷灿烂的花海
是否
还要回忆那古老的爱
是否
我们已变成那个传说

　　　　　　2011.5.26. 凌晨关山

天之龙舟（三首）

端午之舟

端午之舟，
从天上来，
星星把你眼睛点亮；
天河之水，
潇潇洒洒，
一同注入人间之河。

端午之舟，
来自天堂，
是否？
载着地下的人群，
去看天堂。

端午之舟，
天之龙舟，
可否？
留在人间之河……

屈原之问

还在诉说——《天问》,
人间千百年轮回,
汨罗之水啊!
浊浪滔滔……
在阳光和浊浪之间
你依然挥手——
屈子不屈的《离骚》。

知何时,
乘屈子之舟,
看碧水清涛。
五色香粽啊,
九色之土;
江河之上啊,
锦绣莲舟;
屈子之问啊!
好一曲不朽的《离骚》。

星河之舟

屈原在星河之上,
每一颗星都是一首歌。
昨夜,
又给我一个梦,
我聆听你轻轻歌唱。

今夜,
我眺望满天星光;
是否?
你再为我歌唱。

我渴望,
让你牵着我的手,
同上星河之舟,
去九天云游。
啊,天问!天问!
屈子伴我远游。

2011.6.6(农历 5.5)
端午节　鄂州

红船(朗诵诗)

朝霞,从东方冉冉升起;
红云,越过地平线缓缓向上。
从南湖驶来,
载着历史的重量;
向东海驶去,
创造人类的辉煌。

巍巍中华,
盛开五千年的文明花朵,
屹立在世界东方。
皇天后土,
孕育了普天下的道德善良。
浩浩荡荡,
九万里望乾坤自由旋转。
风风雨雨,
一百年看世界几度疯狂……

忘不了:

1840年的炮声，
打破了一个梦幻般帝国的酣梦，
梦中的紫禁城闯进来了海盗列强。

啊！美丽的中华，
从此在铁蹄践踏下血肉模糊；
我的母亲，睁大眼睛，
仰望苍天泪水汪汪……

中国！什么时候在痛苦中崛起？
中国！什么时候迎来解放的曙光？

啊！十月革命一声炮响！
为我们送来了马克思主义。
是谁？在举旗呐喊——
"主义譬如一面旗子"；
英特纳雄耐尔，
指引我们走向解放。

那是1921年夏天，
一个阳光明媚的早晨，
南湖之水滔滔吟唱：
红船！中国革命的红船，
从这里起锚远航。
毛泽东！中国革命的舵手，
率领我们从沉沦走向胜利！
从低谷走向辉煌！

忘不了，
井冈山的翠竹、南瓜、红缨枪，
杜鹃开放时，

"战地黄花分外香"。
忘不了，
二万五千里的漫漫征途，
过五岭、抢湘江，
雪山高、雪茫茫……
遵义会议的光辉，
把中国革命的前途照亮；
延安宝塔的唢呐，
把人民解放的号角吹响。

啊！红船，
中国革命的红船，
领导中华儿女，
历经二十八年的浴血奋战，
终于，迎来了1949年的胜利曙光，
迎来了五万万同胞的自由、解放。

啊！红船，
我要为您歌唱——
是您，创造了一个世界的神话！
是您，激活了中华民族的力量！
天地若有情，
世界几沧桑；
人间若有情，
日月共辉煌。

啊！红船，
中国革命的红船，
领导十三亿中华儿女，
开拓创新，改革开放！
啊！红船，

中国革命的红船，
领导十三亿中华儿女，
一往无前，乘风破浪，
驶向二十一世纪的彼岸。

我们，将进入大海，
征服惊涛骇浪。
我们，将改变世界，
世界为我们喝彩歌唱。

啊！红船，红船，
我要为您歌唱——
天地总有情，
世界几沧桑；
人间总有情，
日月共辉煌。

2011.6.9
写于武汉职业技术学院

在雨中

在雨中，踽踽独行；
湖畔，杨柳轻盈；
雨落脸庞，温柔无声。

那一只只鸟儿，
飞去彼岸林荫；
寂寞湖面，
只听到雨点几声。

波澜在雨中沉沦，
心海之舟呵，
却在沉浮，浮沉；
那涌动的涟漪，
是倾诉，还是呻吟……

忽见天边，
飞来一抹红云，
疑似昨夜梦中的纱巾；
若红衣舞雪，
泛波澜抚琴，
在雨中，
在黄昏……

2011.6.12. 洋澜湖

红月亮

雨中再也看不见，
昨夜那半个红月亮。
仿佛是一个梦境，
谁在梦中轻轻歌唱？

独自去寻找呵，
黄昏后天降夜暮；
湖水泛波澜呵，
是否淹没了红月亮？

或来到湖畔，
水中沐浴嫦娥；

或来到梦中,
若芙蓉出水呵!
羞红笑脸的红月亮……

是否还会找到?
那弯弯的红月亮;
如梦之红韵呵,
轻歌曼舞,
带我去月亮之上……

    2011.6.12. 洋澜湖

流浪的流星

一万年前,
我是天上最亮的星,
在北斗身边,
俯视苍茫……
突然有一天,
我想流浪。
于是离开北斗,
飘游在星河。
那时,
我感觉自由快乐。
每天夜晚,
幸福的人,
凝望着我,
晶莹流动的泪光。

暮春时节,

飞来一片红云,
她要伴我在星河流浪。
无尽头的航程,
从此不再孤独;
流浪的红云,
从此不再寂寞。

我离开北斗去往东海,
又从东海飘向南方。
那红云是我颤动的翅膀,
我是红云难舍的心魔。

初夏的天空风疾雨狂,
风暴挟红云离开我身旁。
红云呼喊:救我!救我!
我伸开双臂奔向风暴,
红云又说:放我……放我……

眼睁睁,
看红云被风暴卷走,
一直消失在遥远星河。
怎奈何,
天茫茫,
云茫茫……
何时等她星海归航?

我不惧怕孤独寂寞,
却担心红云,
被风折断翅膀。
从此跌落黑暗深渊,
再也不能自由飞翔!

茫茫星海，
我孤独寻找。
再也看不到她的笑颜，
再也听不到她为我歌唱。

今夜，
你仰望遥远星河，
那流动闪烁的光焰，
是我滔滔的泪光。
我依然在星河，
孤独地流浪，
再也找不到红云的霓裳。
红云！红云！
你在哪里流浪？
何时再陪我，
在星河歌唱……

2011.6.13 晚　洋澜湖

雨　季

这是一个雨季，
荷花吐着芬芳，
溪流涌动波澜，
蜻蜓在水面彷徨。

这是我们的雨季，
如这奔腾的小河，
穿行在芬芳丛林，
一路唱着歌谣，

浪花也流淌着快乐……

假如有一天风断雨停，
我们的雨季就要结束。
浪花把最后的泪水，
留给了小河……

假如告别雨季，
你是否还像，
那只快乐的小蜻蜓，
颤动着翅膀，
伴我踏青远游……

2011.6.14. 关山

夏雪飘飘

晨风，
飘洒温柔的芬芳，
像初醒的夏梦。
听鸟儿在树梢鸣唱，
绿叶正在合奏。

真想变成，
那只快乐的小鸟；
飞上云端，
迎接第一缕霞光。

还想，
让她牵着我的梦，

飞翔在广漠河汉。
去寻觅,
红衣舞雪,
舞姿婀娜……
让暖暖霞光,
刹那间凝结;
看白云深处,
夏雪飘飘……
2011.6.20. 关山

夏雨如梦

蒙蒙夏雨如梦幻般飘逸,
点点滴滴洒落在窗前。
仿佛还在回忆,
那个丢失在雨季的梦,
那个不曾相逢的雨夜。

昨夜又梦见,
漫天飞舞的红雪;
纷纷扬扬,
恍若那颤动彩翼的神蝶。
假如嫦娥醉后为我歌舞一曲,
我心期待那梦中的红衣舞雪。

难道那是个永远的梦境?
亦如这漫漫无边的夏雨,
在我心里凝结……
什么时候你从梦境走来?

在这个夏天,
为我红尘一笑。
雪舞翩跹!不要那么遥远;
红衣舞雪!可否就在明天?
2011.6.21 晨 关山

假　　如

假如,今天没有阳光,
我要孤独地享受黑暗。
南飞的鸿雁呀!
请别忘了我!
走吧……走吧……
去那遥远的地方,
在温柔的阳光下等我。

假如,今夜没有星光,
我要孤独地在星河流浪。
弯弯的红月亮呀!
请别忘了我!
走吧……走吧……
去那太阳升起的地方,
在灿烂的霞光里等我。

假如,
真的悄然离开这个世界。
我的泪将在星河里流淌,
满天的星星都是我的泪光。
你是否伴嫦娥一起来到星河?

因我，红衣舞雪；
因我，变作那弯弯的红月亮。
我在月亮之上，
从此不再孤独地流浪。

2011.6.24 晨　关山

云　河

阳光照亮了云河，
鸟儿正在歌唱。
如梦的云霞，
流动玫瑰色衣裳。
鸟儿如你，云霞如我，
让那个童话放飞在云河。

云河！云河！
风云纵横，流星沉浮。
风儿如你，云儿如我，
让那个传说流连在云河。

阳光！阳光！
展开金色的翅膀；
云霞！云霞！
点燃神话的光芒，
星光！星光！
如你的眼睛闪亮……

飞翔！飞翔！
看那流星，伴那云霞，

快乐无忧地流浪。
俯视大千世界，
笑谈人世沧桑。
听那林中鸟儿，
正在轻盈歌唱……

2011.6.26. 鄂州

海鸥之梦

看太阳升起在遥远的东方
簇拥着彩霞　闪耀着光芒
仿佛是海鸥的翅膀
自在逍遥　遨游四方

白云在苍穹飘荡
悠悠千里　浩浩烟波
大海把蓝天深藏
柔情似水　如醉如歌

白云在寻找梦的故乡
天太空旷　海太渺茫
波澜永远没有尽头
何处寻觅心中的太阳

海鸥还在不屈地飞翔
望天苍茫　看海沧桑
倘若找不到理想彼岸
还是伴太阳一起流亡

2005.3.23. 关山

向往燃烧

迎着寒风沐浴一抹夕阳
缓缓燃烧
仿佛是那飘逸的向往
曾记得春花秋月
装点这人世的天堂
风中彩蝶
在无垠的天空
翩翩飞翔

夕阳终于在西天坠落
无情的寒夜
吞噬了阳光
黑暗冰冷漫长
当晨鸡报晓时
你是否化着那彩蝶
迎接东方的朝阳
款款飞近
闪烁着生命的光芒

太阳的光焰将要燃尽
蝶儿在火焰中化着了飞蛾
你是否惧怕那灼热的火焰
从苍穹坠落
在大海消失
空叹这苍天茫茫
大海茫茫

可是　迎着太阳燃烧
飞蛾燃起了生命的辉煌
无怨无悔　地久天长
蝶儿却在尘土里埋藏
何处寻觅
昨日的美丽与梦想

太阳正在冉冉升起
仿佛是飞蛾燃烧着辉煌
向往那飞蛾
追寻那太阳
与飞蛾一起燃烧
伴太阳一起飞翔

2005.1.10

夕阳在轻轻歌唱

深秋的原野
飘着菊花香
片片殷红的枫叶
在风中轻轻摇荡
啊　静美的夕阳
仿佛是一首无言的歌
是谁在黄昏里缓缓漫步
是谁在夕阳下轻轻歌唱

山水纵横的阡陌
沐浴着灿烂如霞的金光
孤独走在旷野上

回忆那首无言的歌
远处的山峦啊
寒风舞动着夕阳
难道这是人生的黄昏
走向沉沉的夜幕
难道那远处的山峦
正是终极的归宿

记否孩提的时光
纯洁的欢笑伴小河流淌
牛儿在青草地奔跑
牧童在山林里躲藏
这是真的快乐
在生命中无忧奔放
这是美的欢笑
洋溢在幼稚的脸庞
还有那飞翔的小鸟
那自由自在的牛羊

记否二月早春
四野依然荒凉
独自漫游旷野
在流水淙淙的小溪旁
那丛嫩黄的小花
悄然孤独开放
那醉人的芬芳
弥漫在寂静的荒坡
啊　春天来了
这是人生的希望
把她芬芳的笑靥
在心海里深藏

走过漫漫长路
直到地老天荒

天空依然蔚蓝
白云悠悠飘荡
眺望远处山峦
枫叶燃烧着夕阳
一只孤独的鸿雁
在天空中展翅飞翔
啊　问鸿雁去往何方
南国佳木芳草
还有玉树琼花
去太阳升起的东方
那里有碧波万顷
暖暖天地日照扶桑
伴太阳一起飞舞吧
那里有生的美丽
死的辉煌

难道这是最后的绝唱
仿佛那夕阳在山峦坠落
难道太阳不再升起
等不到明天的晨曦
那只孤独的鸿雁啊
你为何不屈地飞翔
看惯了春花秋月
人世的浮艳沧桑
唱一曲夕阳的绝恋
那是不老的情歌
也许找不到今生的彼岸
也许看不到人世的辉煌

也许万物瞬间化着虚无
也许再也听不到你轻轻歌唱

可是你的歌永远不能枯绝
你的笑容长留在这冷漠的世上
在夕阳的光焰里
在枫叶的摇晃中
仿佛是那只燃烧的火凤凰
孤独是你超人的境界
寂寞让你艳压群芳
激情的泪啊
化着东海的波涛浩浩荡荡
夕阳的歌啊
穿透岁月的烟云如火如荼
飞翔吧　用你生命的火焰
照亮所有的天空
用你智慧的眼睛
点燃新的太阳

夕阳在缓缓燃烧
燃烧着生命的力量
孤独走在旷野上
又一次听你轻轻歌唱
翩翩舞动的枫叶
摇晃着那首无言的歌
2004.11.22. 关山

望　月

听湖水拍岸几回沉默
岸边垂柳与我轻轻诉说
远处的波涛送来渔火点点
抬头眺望那圆圆的明月

曾记否那年静静的夜色
欣然携手看不尽一湖风月
荡起双桨我们要云游四方
一起去追寻浩阔无涯的世界

那圆圆的明月瞬间残缺
波涛悄然送走两个陌生的过客
一年又一年明月依旧
还记否那个美丽的传说

也许那弯弯的垂柳早已干枯
满地的野草荒芜了心海
听一湖波涛仿佛在诉说
你是否还在眺望那圆圆的明月
2004.12.30

我是一只
孤独的小船

我是一只孤独的小船
风雨吹打着破碎的孤帆
悠悠白云把我缭绕
海鸥飞来倾听那波澜

我是一只孤独的小船
迎着风雨漂泊在天涯
潮起潮落桑田又沧海
夕阳西下可否要落帆

来吧　来吧　我的小船
这里是你停泊的港湾
天也湛蓝海也湛蓝
来吧　来吧　我的小船

假如真的回不到港湾
你是否离开一去不还
记否大海不变的誓言
记否太阳不灭的光环

假如真的回不到港湾
我将毁灭这寂寥的小船
沉入海底化着那浪花
伴海的女儿享受最后的晚餐

你是否站在海岸眺望那孤帆
你是否知晓我是无忧无虑的浪花
你是否听到我灵魂的呐喊
你是否轻轻抚摸我满脸的泪痕

来吧　来吧　我的小船
这里是你停泊的港湾
天也无涯海也无涯
来吧　来吧　我的小船

2008.1.16. 关山

柳絮如雪

又见湖岸

柳絮纷纷扬扬如雪

夕阳归去

眺望那弯弯的残月

恍若昨夜

天边逝去的雪花

摇摇欲坠

伴流沙随风漂泊

曾携手湖畔

徜徉寒夜踏雪

那遥远的星光

流连河汉灿烂

天也浩阔

月也皎洁

柳絮蒙蒙

舞动云衣霓裳
款款漫天白蝶

依依杨柳
拂不去暮霭荒烟
浩浩波涛
送不走天涯归雁
忆雪花飘飘
漫天柳絮如梦
看月光滔滔
却染尽青丝如雪

你是否在彼岸
抚摸这柔柔的柳絮
你是否在湖畔
眺望那弯弯的残月
星星也寂寞
月儿若孤帆
云水茫茫
兰舟载不动
柳絮如雪

2008.4.6. 洋澜湖

我在天国里梦游
——献给 5·12 大地震一周年

我在天国里梦游
这里很美丽也很自由
困惑的日子与上帝对话
寂寞的时候与天使牵手

我在天国里梦游
这里很美丽也很自由
舞动月光吟唱一首快乐歌谣
拥抱太阳再造新的凤凰涅槃

但我总忘不了故乡的尘土
忘不了父母　兄弟　姐妹和朋友
他们是否快乐无忧
他们是否把我遗忘

我时常回忆我的教室
恐怕它还在哭泣颤抖
我时常回忆我的同学
何日相见路远山遥……

我在天国里梦游
这里很美丽也很自由
每当我想念故乡的时候
就伴随那星星在苍穹遨游

2009.5.1. 鄂州

秋　韵

从东方走来
从云海走来
太阳也相伴前行
凉爽的风

晶莹的露
闪烁五彩光环
听鸟儿在唱
婉转之声
迎着满天云霓

那露珠悄然坠落
离开青青的枝头
呵　绿叶正在枯干
它的生命
已随那逝去的春光
升入了天堂
它的辉煌
已随那夏日的香荷
编织成美丽的花环

那云霄的燕儿
正展开翅膀
飞往南方
它要去追求温暖
去追求南国的柔情

听那燕儿最后的呐喊
那离别时渐渐逝去的情影
那无垠的天空
依然湛蓝
那茫茫秋水
依然醉人

它还要归来
在明年春暖花开时节

草长莺飞的江南
杂树生花的江南
你依然等待
等待重逢

可是　南国的骄阳正好
这里却落叶萧条
也许　南国是永恒的温柔乡
这里却是
寒暑匆匆的别离

也许　对南国的永恒眷恋
已铸成不归的航程
那个江南春色的旧梦
早已化着五彩云霞
消失在世界的尽头

再回望
那晶莹的露珠
正悄悄离开
青青的枝头
它要伴随那枯干的落叶
步入地狱之门
它要用满腔的柔情
滋润那片落叶
在明年春天到来时
一同苏醒
一同为春天喝彩

从东方走来
从云海走来

风儿在歌唱
露珠闪烁晶莹
那不是别时的泪光
那是心之永恒的归航

那南飞的燕儿
带着南国的风光
召唤回春暖花开
天创万物之时
万物之灵降生
天地洋溢温情
让江河奔流
让大海沸腾
让秋之神韵
再造一个青春女神

2009.9.22. 关山

流　星

悄悄地
从两个陌生的世界走来
仿佛是天空的两片云彩
在风的簇拥下油然相爱
傲雪的寒梅正在盛开
暗香缭绕
欲醉欲仙
记否当年蝶梦依依
风霜雪重时青梅煮酒
寂寞长河夜

鸿雁复归来……

悄悄地
朝两个不同的天际走开
仿佛是春夜里两颗星星
在潮汐的呐喊中泛舟星海
鹊桥已成无尽头的远航
默默相视
默默守望
假如有一天坠入星河沉埋
是否还铭记
那曾经拥有的难舍春色
流星的眼泪
是我心的表白
孤独地燃烧
孤独地离开……

2004.5.16. 关山

这已不是
浪漫的季节

这已不是浪漫的季节
黄昏的小路洒满落叶
风也萧萧云也萧萧
片片云彩都在告别

曾有的浪漫已成故事
曾有的思念已成传说

缓缓的夕阳燃烧着黄昏
也燃尽了天涯匆匆的孤客

南飞的鸿雁难觅踪影
只留下天边半轮残月
看那颗流星瞬间闪烁
照亮了星空却又幻灭

偶忆起那年采撷红叶
红遍了山峦红透了秋色
蓦然回望风生水寒
这已不是浪漫的季节
2009.10.29. 晚关山

雨中黄昏

迎着霏霏飘逸的小雨
走在枯草凋零的小径
抬头
天空没有云彩
向前
拥抱匆匆到来的夜雨

灯火
亦如黄昏般灰暗
身边
听不到一丝笑语
风，冷冷吹在脸庞
脚步

再也找不到熟悉的节奏

寥寥独行
从黄昏走向黎明
也许明天
依然这般冷冷袭人的小雨
看那丛竦然旷野的小树
眉梢藏着一丝淡然的微笑

是否
渴望那来自北方的雪花
雪花
倘若带来旧时的记忆
也许
雪花会送来冬日红梅
也许，雪花过后
还有迎春花的芳馨

孑然走在雨中黄昏
灯火阑珊时
云彩无觅处
只有冷冷的雨点
轻轻敲打光秃的额头
也许
那是温柔动人的抚琴
轻轻奏起雨中曲……
2009.11.11. 关山

牵 手

我要轻轻把你手牵
只怕这世界太冷太冷
窗外已是灯火阑珊
我要轻轻把你手牵

原野的风声掠过耳边
让风儿去吻你的笑脸
看那片流云多么遥远
我怎能不把你手牵

这世界真的很冷很冷
笑罢哭罢浩浩苍天
听潇潇春雨渺渺如烟
我要轻轻把你手牵

　　　　　　2010.3.29. 关山

告别雨季

这个雨季好短,
短得像梦中的伞,
还没来得及撑开,
就要匆匆收起……

呵!

外面的阳光好灿烂,
一丝雨的痕迹也没留下。
看看被雨淋湿的衣衫,
溅着点点滴滴的泥沙,
难道在诉说你心中的遗憾?

记否这个雨季?
田野开满了璀璨的鲜花。
一只美丽的红蜻蜓,
要伴我回到寻梦园。
那梦中的红蜻蜓呀!
颤动粉红的翅膀,
款款飞来,如诗如画……

于是,
我笔端洒下花雨般的诗行,
似梦之红韵,
催心海波澜。
泛舟在溪流山涧,
看两岸绿水青山。

于是,
梦中的雨季流淌着浪漫,
似红衣舞雪,
芬芳的雨露,
带你去天上人家。
我在月亮之上,
为那孤独的流星感叹……

呵!
雨突然停了,

这雨季瞬间走完，
把梦之舟搁浅在沙滩。
溪流的绿波被黄沙填平，
清澈的湖水顿失波澜。
那只可爱的红蜻蜓，
已迷失在香荷之下，
沉沦在此岸沙滩……

呵！
这个雨季真的太短暂，
连一首真爱的歌，
也没唱完……
这个雨季真的太无情，
连落花的痕迹，
也被匆匆洗刷……

天若有情，
尘世无缘；
念天地悠悠，
欲海情潭。
天亦无恨，
人间有爱；
看彩云飞处，
阳光灿烂……

呵！
今天是个好晴天。
梦中的我，
又化着那流星，
在星河孤独流浪。
好想念！

那颤动翅膀的红蜻蜓，
可惜她沉沦在此岸沙滩，
再也去不了彼岸。
那梦中的红衣舞雪呀！
今夜飘落何处？
哀叹流水落花！
是否又想飞来星河？
和我轻轻笑谈……

2011.6.16. 关山

梦之红韵

这不是人间奇葩
原野上何处寻找
艳若天山雪莲
梦之红韵
如梦神游

北国千里飘雪
南天暖风温柔
此刻在风中绽放
这世界因你而美好

江南莺飞的季节
西湖的水
涌动片片绿涛
听鸟儿在轻轻歌唱
任白云
把你从我梦中带走

挥手与黄鹤告别
悠悠白云
不能把你挽留
乘着风的翅膀
你要去
把人间的美丽寻找

曾经
四月杏花天的花絮
让你迷失在蓬莱仙岛
可否相约
去姑苏踏青
曾经
五月石榴花的红蕾
让你绽放在彼岸峰峦
可否携手
去钱塘观涛

啊
潮落潮起梦之红韵
梦之红韵千媚百娇
鸟儿呀
不要在窗外骚扰
我怕惊醒
梦之红韵
在阳光下飞走
等待今夜
梦中再去寻找

2011.5.14. 晨关山

祝　福

——写在 2008 年元旦

365 个白天匆匆忙忙，
仿佛要把朝晖燃烧成夕阳；
365 个夜晚若梦若醒，
仿佛天边的云彩飘来飘往。
每当欢乐相聚对酒当歌，
笑语欢歌永不相忘。
来吧！朋友，
让我们举杯告别昨日的忧伤；
来吧！朋友，
让我们携手共创明天的辉煌。

岁月漫漫
仿佛是个永不疲倦的老人，
人生苦短
只在弹指一挥化作了虚无。
遥远的星星闪烁在苍穹，
明媚的月光在江面彷徨。
每当回首昨天的故事，
就像一首春天的歌谣。
让欢乐与我们同在，
让明天拥有更多的梦想，
让笑容永远铭刻在我们脸庞，
人生是一轮永不凋落的太阳。

2008.1.1. 关山

阳光之恋

从云海飞来,
颤动红色的翅膀,
唤醒霞蔚欲滴的韶光。
那不是别时红衣,
那是相逢的霓裳。

从凌霄飘来,
拥抱蓝色的梦想,
在地平线上款款飞翔。
那不是昨夜的梦境,
那是今天,
携手天涯的向往。

从春天走来,
满怀绿色的希望,
在清澈溪流中泛舟踏浪。
那不是昙花一现的呓语,
那是烟波浩渺的沧桑。

让阳光织就锦绣羽衣,
依依走近,
在我的世界翱翔。
让阳光点燃雨后虹霓,
炯炯神翼
在我的前方闪亮。

呵!
这是个快乐的雨季,
曾经的激情,
恰如春江碧浪。
沐浴阳光,
我们在水波里徜徉。
这阳光温柔如昨,
让雨水浸泡衣裳。
假如幸福如此美丽,
就让这个雨季不再躲藏。

呵!
这是个快乐的阳光之晨,
曾经的眷恋,
在波光里酝酿。
为阳光祝福!
我们洗礼生命与吉祥。
乘着阳光的翅膀,
驾驭一叶兰舟,
去星海远航。
让云端鸿雁,
唱响阳光的恋歌,
向爱的世界飞翔!

2011.6.22. 关山

虹

雨后,阳光灿烂;
一道弯弯的虹,

五彩缤纷流动，
仿佛是你的眉；
又像半轮明月，
悬挂在天空。

数着黄昏落日，
让斜阳点缀梦中的虹。
望那晚霞染红西天呀！
只要梦中虹相伴；
人生不会有黑夜呀！
阳光温柔沐归鸿。

迎着旭日向前，
让朝霞装饰梦中的虹。
看那鸟儿正向太阳飞去呀！
一路呼唤梦中的虹；
幸福如夏花璀璨呀！
无情岁月亦从容。

眺望满天星光，
让流星汇成梦中的虹。
记否七月初七夜呀！
所有的恒星集合在鹊桥；
多么壮丽的星河夜呀！
簇拥星光灿烂的虹。

你在鹊桥的那边，
我在鹊桥的这头，
一步一步走来……
相望遥遥河汉呀！
牵手鹊桥之虹；

听！所有的星星，
都在为我们喝彩呀！
你是梦中最灿烂的虹！
我们拥有——
人间最美丽的虹！

2011.6.23 晨　关山

第二章　天命

天　命

已进入不能浪漫的岁月,
已到了认知自我的年龄。
已看过世间纷繁的风景,
已想了别人思考的风情。

这世界将要抛弃老身,
永远不要乞求别人可怜。
我真想离开这烦忧的人间,
去苍茫做一颗飘逸的流星。

知不了也知了,
问无心亦有心。
看世间万物长流,
挣不脱红尘天命。

　　　　　　2011.6.16. 关山

数流星的日子

天好深好蓝,
月儿躲进了云层,
星星相视微笑,
与我自由对话。

一颗划着光焰,

向我飞来,
仿佛要送给我光环;
又一颗向我飘移,
似流萤闪耀,
流连星海泛起阵阵波澜。

数流星的日子,
我们静静眺望星河。
一颗、二颗、三颗……
每一颗都在为我们祝福,
每一颗都是动人的图画。

一颗、二颗、三颗……
从黄昏数到黎明,
永远没了没完。
今晚我们还来吗?
数不完怎么办?

呵!那月亮偷偷笑了,
你看天河之上,
那彩虹弯弯的鹊桥,
流星如鲜花绽放,
快去鹊桥之上畅谈。

呵!流星如天女散花,
洒落漫漫长夜,
我们驾驭一叶扁舟,
仿佛天外飞来,
如梦如幻的星夜红帆。
要去鹊桥漫游,
还是寻觅,

停泊的港湾……
　　　　　　2011.6.29. 关山

纸　鸽

清晨，
鸟儿把我从梦中叫醒；
叠一只纸鸽，
放在窗台上，
让阳光展开它的翅膀，
飞向锦绣如画的南方。

记否？
那儿时的欢乐时光，
白色的纸船，
蓝色的帆，
漂流在弯弯小河；
突然，风雨袭来，
纸船纷纷沉没……

于是，小伙伴们，
又来叠纸鸽；
从山顶放飞，
在云海翱翔，
红色、黄色、紫色……
五彩缤纷，飞下山谷。
儿时的童话，
像云中纸鸽，
从此不再寂寞。

让这只纸鸽飞吧！
乘着风的翅膀，
伴随灼热的太阳。
带着上帝的祝福，
飞到你窗台上……
不要许多伙伴，
即使孤独地飞翔，
也不会迷航。

你从梦中醒来，
抚摸这只纸鸽，
把昨夜的烦恼忘却。
让小纸鸽陪伴你吧！
阳光灿烂的日子，
放飞生命的快乐！
　　　　　　2011.7.1 晨　洋澜湖

奔向骄阳

盛夏的阳光，
划着一道道白弧，
穿透了晨雾，
越过湛蓝天空，
吹动紫玉窗帘。

那白弧犹如阳光的神翼，
凌霄摇曳，
如梦幻般盘旋。
那骄阳如火，

点亮凤凰激情，
燃烧在云之巅；
望苍穹红云驰骋，
仿佛凤凰涅槃……

在这个烟雨迷蒙的雨季，
向往那骄阳，
还我一万年的夙愿——
那时我在北斗的身边，
曾经闪耀最亮的光焰。
假如伴骄阳一起流浪，
何俱风雨中沉沦浮生。

骄阳！骄阳！
穿云破雾向前，
快去唤醒梦之红韵，
为君一曲红衣舞雪。
看那一道道白弧，
飘逸灼热笑靥，
举袂茫茫九天。
我心神往，我梦如翼，
奔向骄阳！
渴望着，
凤凰涅槃重生。

2011.7.2. 洋澜湖

湖　　畔

湖畔，
杨柳依依，绿丝万条；
红霞，
光华炯炯，在远方燃烧。
独自漫步岸边，
看湖水荡漾，听波澜轻摇。

早已忘却那年湖畔望月，
蓦然遥想远方的红韵多娇；
在这个阳光明媚的清晨，
你是否睡梦中轻绕郎腰？

那韶华拂柳的时光，
千百年回首依然妖娆；
红尘之恋曾经牵手不舍，
如阳光沐浴任湖水温柔。

梦里几回相逢杨柳湖畔，
天边红云欣然举袂，
在九万里凌霄。
曾经的美丽，
是否变成那个传说？
这是世间亘古吟唱的童谣。

风吹杨柳悠然轻拂我头，
仿佛天外神女玉手招；

泛波澜欲扬帆星海远游，
驶向沧海让风儿把锦帆摇。

走一路柳絮飘飘，
听一湖波澜如潮，
看一只绿鸟掠过，
折一束玫瑰花夭……

呵！这个不曾相逢的雨季，
莫感叹年年柳色依旧；
一步一步往前走……
也许，在延绵的曲径廊桥，
也许，在绿柳深处的尽头，
你正默默向我走来，
送我阳光灿烂的微笑。

2011.7.3 晨　洋澜湖

远　游

阳光下，
开始又一次远游；
灼热中，
把激情和渴望感受。
生命的旅途何等短暂，
仿佛那朝生暮死的蜉蝣。

这个迷蒙的漫漫雨季，
恍惚重上诺亚方舟，
在星河无尽头漫游。

曾经是那颗流浪的流星，
梦里几回感叹红韵温柔。

天地间绚丽的彩虹已成不朽，
幻想从此步入天堂之旅途。
倘若今生是孤独的行者，
但愿来世不做寂寞的囚徒。

骄阳似火蒸腾稻浪遍野翠绿，
祈祷人生之路铺满鲜花红柳。
世间风光终不及梦境陶醉，
望一帘飞瀑心灵感悟快乐与烦忧。

五千年曾经沧海桑田，
九万里鲲鹏翻动扶摇。
那年我是天上的星星之火，
那年我曾在东海与鳌鱼同游。

外面的世界真的精彩，
阳光和白云自在自由。
那白云可否和我携手？
红尘里问何处无虑无忧。

来吧！来吧！
来伴我远游，
忘却昨夜的爱恨情仇，
让流水带走落花的寂寥，
让热风送来最美丽的花束。

2011.7.4. 关山

晨　曦

当第一缕晨曦，
从云海飞来，
小鸟儿唱着轻盈的歌声；
看白云簇拥着红云，
窗外洒满了霞光和风尘。

盛夏的长夜亦如火山，
呼呼散发的热量灼人。
那晨曦经过长夜积蓄，
黎明时在苍穹熊熊蒸腾。

在晨曦里寻觅昨夜的旧影，
是否化着那片飘逸的红云？
来一曲红衣舞雪的妙唱，
那天空可否飘来依依红韵？

在晨曦里寻觅流动的光束，
儿时踏青的牧笛声声，
老牛戴着芬芳的花环，
蜂蝶在花丛与露珠亲吻。

忽忆起那年走出山村，
在一个秋风萧瑟的清晨，
夏天的火热已经散尽，
晨曦里闪烁着年少的青春。

呵，那是青春浪漫的远行，
亦如这晨曦灿烂的风景，
踏青的牧童已离开故园，
耳边还响着牧笛声声。

无情的岁月瞬间轮回，
匆匆的晨曦将告别青春。
望东方云涌仿佛泪珠点点，
那白云深处童心隐隐晶莹。

也许，明天的晨曦依然流金，
我发如雪将把逝去的岁月拷问。
也许，再唱一曲晨曦的咏叹，
走在霞光里听鸟儿悠扬的歌声。

2011.7.5 晨　关山

漂　移

记否？许久许久以前，
地球是一个完美的圆。
后来风骤雨狂，
地球经不起拍打；
七零八落……
海水如刀，
把地球切成一颗一颗小丸。
地球在海水中漂移……

于是，
我驾驭一叶小红帆，

去寻找地球的圆。
风吹得云儿颤抖，
雨淋湿破旧衣衫，
只有海鸥在前面呐喊……

于是，
绕地球转了一圈又一圈，
每一圈都画下一个不规整的圆。
从黄昏数到黎明，
至今没有找到地球的边缘。

是否？这个世界与我无缘，
是否？大海不再为我起波澜。
那小红帆在星河无望漂泊，
那流星闪烁着迷茫的光环。

知否？一万年以后，
我的心也会漂移；
知否？十万年以后，
地球又会成为一个新的圆。
我让小红帆为地球定一个点，
我以此点重画一个世界的圆。

呵！这世界本来无边无缘，
世人心中是否有个完美的圆？
呵！这地球依旧在漂移，
让流星伴我飞去寻梦圆。

     2011.7.6. 关山

沧　海

孩提时代曾向往，
那烟波浩渺的沧海。
乘风驾云翼，
伴海鸥飞来；
挂一只红帆，
让浪花把我掩埋……

总想找到它的尽头，
总想飞往它的未来；
那跳动的浪花，
握紧我的手——
呵！我们共同创造未来。

总想询问它的过去，
总想寻找那遗失的梦魇；
海的女儿对我说——
不要幻想安徒生，
他只是一个传说……

好想拜访安徒生，
可是，
他已闭门谢客；
海的女儿，
不是他的门徒，
那梦中的美人鱼，
至今不知何处漂泊。

而我，
一定要与安徒生相见，
无论呐喊，
还是沉默……
安徒生！你快醒醒——
沧海要变成桑田，
浪花要化为尘埃……
假如你再不见我，
明天，
你将看不到沧海。

2011.7.7. 洋澜湖

遗　　忘

有一颗流星叫遗忘，
它曾在苍穹闪烁，
瞬间从眼帘划过，
消失在无边星河。
忘却了，
曾经在星河中最亮；
忘却了，
曾经黑夜里光芒万丈。
忘却了，
曾经相伴的那片云朵；
忘却了，
曾经在星河孤独流浪；
望九万里凌霄，
今夜一片黑暗，
再也寻觅不到……
有一颗流星叫遗忘。

有一个少年叫遗忘，
黄昏的湖畔，
只看到白发老者，
在廊桥木巷来来往往，
再也找不回那少年的影像。
忘却了，
曾经的笑颜天真孟浪；
忘却了，
曾经的脚步踏碎夕阳；
忘却了，
曾经的歌声伴湖水荡漾；
忘却了，
曾经的梦想在彩云之上。
看栏外波澜不惊，
柳枝头流动灿烂阳光。
沿着湖畔数流星的日子，
再也寻觅不到……
有一个少年叫遗忘。

而今，独自徜徉，
总想找到那个遗忘。
记否？春花秋月不了情，
记否？红韵依依在梦乡；
记否？夏雪飘飘去蓬莱，
记否？红袖举袂在苍茫……
五千年红雪飘落在昨夜，
一万颗流星能否再闪亮？
一百年知音听高山流水，
九万里红尘云衣舞霓裳……

呵！
湖面止水无澜，
湖畔绿柳含霜；
这个沉浮雨季，
红帆驶去断肠。
沿着那廊桥走来，
把寂寞的栏杆抚摸；
湖水对我微笑，
映照我的沧桑……

呀！
难道我是遗忘？
世界将把我遗忘？

2011.7.9. 洋澜湖

寂　寞

那泓碧绿的湖水，
却找不到一条鱼儿；
那年夏天，骄阳似火，
湖水干枯沙砾，
鱼儿上了天堂……
那个夜晚暴雨如注，
湖面碧波荡漾；
可是，
再也没有鱼儿嬉戏快乐。
湖水说：寂寞……

那年牧童的笛声，

消失在记忆的长河；
孩提放牛的青山，
曾经鲜花绽放，
编织芬芳的花环，
戴在老牛的弯角……
而今再去寻觅，
仅剩下绿野空阔；
那一潭溪流，
照着满脸沧桑。
青山说：寂寞……

今夜，
独自在湖畔踯躅；
数遍了木栏亭阁，
星星在云海躲藏，
那红月亮也被湖水淹没；
红云舞不动嫦娥，
红雪在夏夜飘落；
几回梦里红韵多娇，
几回梦里红衣相约……

呵！
那兰舟是否迷航？
月光对波澜诉说：
呵！寂寞……

2011.7.9. 洋澜湖

坚　强

一棵大树，
屹立在阳光下，
不管风吹雨打。
夏天的烈日，
它把灼热挡遮；
秋天的寒风，
它把衣服脱下；
冬天的冰雪，
它毅然一丝不挂；
等待春天到来时，
它依旧复活发芽。

它演绎着生命的轮回，
它展露了真实的伟大。
假如有一天，
它真的死了，
却依然不屈地站着，
永远不会倒下。
它将去构建，
楼台房舍、桌椅衣架；
它要把生命的全部，
奉献给普天之下。

假如，
这个世界真的抛弃它，
它将化着熊熊烈焰，
驱散严寒、赶走黑暗、
照耀华厦……
把活着的希望点燃，
让坚强的信念爆炸！

啊！
它要用所有的力量，
对这个世界，
发出最后的呐喊……

2011.7.10. 洋澜湖

流星雨

趁着午夜的月光，
去看一天星星；
闪烁，闪烁，
那流星雨灿烂夺目。
犹如满眼晶莹的泪珠，
在星河流淌……

我曾是天上的流星，
在星河孤独流浪。
我寻找飘香桂树，
那嫦娥红袖举袂。
呵！吴刚醉挥利斧，
从此再也看不到嫦娥；
她已随流星飘坠，
她从不知我心忧伤……

沿着湖畔徜徉，
好想看那弯弯的红月亮。
波光里鱼儿游来游去，
鱼儿呀！不要把红月亮撕破；
破碎的红月亮，
是生命里难舍的心殇。

伴流星雨一起洗礼吧！
快来星河之上；
今夜燃烧最后的瞬间，
把茫茫星河照耀，
耗尽全部的能量。

假如嫦娥从梦中醒来，
望一眼这最后的辉煌；
哪怕从此消失在黑夜，
再也不感叹天地苍茫。

独自看流星雨的午夜，
风吹乱了柳絮，
浪溅湿了衣裳。
恍若秋风萧瑟时，
轻拍栏杆照一湖星光。
忽见那红月亮，嫣然一笑，
仿佛举袖送来桂花幽香……
　　　　　2011.7.11 晨　洋澜湖

鸿　雁

鸿雁，在蓝天上，
乘着白云的翅膀，
看大千世界沧桑。

春暖花开季节，
从遥远的南方飞来；
带着生命的希望，
向往那自由和吉祥。

秋风落叶时光，
张开双翼飞向南方，
回到梦的故乡，
去那里寻觅温柔的韶光。

你把人的尊严，
写在蓝天上，
让"人"字领路远航；①
一直向前翱翔，
让"一"字飞向辉煌。②

啊！鸿雁，
转眼就是秋雨绵绵，
莫眷恋盛夏骄阳；
晓风残月，霜冷寒江，
几回沉醉寂寞海棠……

啊！鸿雁，
明天，
你是否要飞往南方？
请带着我——
在蓝天，
俯视苍茫大地；
去沧海，
寻找百年梦想；
好想拥抱红衣的秋韵，
还想聆听舞雪的春歌……

2011.7.12. 洋澜湖

注释：① ② 指鸿雁飞翔时排成"人"字和"一"字队形。

观 柳

湖畔观柳，依柔如雪；
曾经陶醉，
三月的春风，
柳絮如烟。
看红云轻歌曼舞，
仿佛雪花飞满天。

东方霞光飘逸，
晨风送来红帆一叶；
含笑桃花依然动人，
四月的湖畔，
杏花如雪。

那红帆离我而去，
忘却了，
我独自湖岸梦雪。

这柳絮轻拂晨曦，
仿佛梦中的红衣舞雪，
沉浮雨季何堪杨柳别枝，
红帆！红帆！
星河兰舟难舍告别。

让柳絮牵着遥远的思念，
在这个多雨季节；
梦之红韵在九天之上，
漫漫长夜相忆依依红雪。

折一枝绿柳，
挂红帆之巅，
让柳枝轻吻蓝天；
一湖波澜送我远游，
望一叶红帆驶向天边。

2011.7.13. 关山

清江湖

风，吹动湖水，
是清江吗？其实是湖；
自从有了隔河岩，
江水就成了湖水。

为谁赞美?
你的清澈，如蓝天，
看不到底;
你的柔情，如大海，
波澜风韵千万里……

望两岸青山，
重峦叠翠，在水里漂浮;
飞鸟，
翱翔在深邃的湖底。

为你唱一首歌?
不! 还是饮一口，
清江的水……
犹如美酒，
今夜，与谁共醉?
2011.7.15 晨　宜昌

葡　萄

在我的窗台，
生长着一棵葡萄;
青青的藤蔓，
悄悄向上伸展，
仿佛要伸到彩云间;
鸟儿在你怀抱轻声絮语，
它是否在与你倾心交谈?

忽然有一天，

你的叶子开始枯黄，
上面结满了虫眼。
你是否痛苦地哭泣?
惧怕失去美丽的容颜。
我用清水和药液为你清洗，
我好想看着你，
天真烂漫的笑脸。

可是，
你的枝叶依旧枯黄，
仿佛在这个黄昏就要凋零。
天上的云朵也为你流泪，
不忍心你走向夜色阑珊……

清晨，
你昂起不屈的头，
奋力向前奔跑!
你要抛弃，
那毁灭青春的虫眼。

啊! 只要你坚持，
只要不断长出新芽，
你那青青绿叶，
一定会战胜虫的侵扰!
你那弯弯的藤蔓，
一定会伸向天堂之门!

总有一天，
你会结出胜利果实——
一串串绿色葡萄，
在阳光下，

闪耀着梦幻般的光华。
让我吻着你……
让你在我的唇中，
感悟着快乐；
享受着生命的
爱恋和灿烂。
　　　　2011.7.17 晨　洋澜湖

问　鸟

涵养了一千年的激情，
晨风中为谁轻轻歌唱？
谁说你小鸟依人？
却不知你凌虚苍茫的理想。

你梦中的蓝天，
比世界大许多；
你飞过的天空，
如大海般浩阔。
今天，你在林间高唱，
是否？
又找到了那梦中的翅膀。

你可否？
摘片红云送给我，
那是我梦中的衣裳；
假如，我孤独地走在原野，
你可否？
伴随我去星河流浪。

梦中的雪，可曾融化？
融化成水，滔滔流向东方；
梦中的红衣，可曾飘落？
赤裸裸，感叹百年沧桑。

问鸟？依然在天空飞翔，
那片红云，依然在你身旁；
问鸟？依然寂寞地飞翔，
那梦中的雪，依然闪烁光芒。
　　　　　　　2011.7.16. 关山

幸福时光

一只红蜻蜓，
奋飞日日夜夜，
终于走出荒芜沙漠，
终于看到河流绿洲；
红蜻蜓轻轻戏水，
在清香荷叶上；
她说：这是幸福时光。

一棵垂杨柳，
生长在湖畔，
相恋着清澈波浪。
那年天公不作美，
骄阳燃烧如火，
无雨，湖水已干渴；
那棵垂杨柳，
绿叶痛苦凋落……

忽闻一声惊雷，
风生水起，大雨滂沱，
湖面泛波澜，浩浩荡荡；
那垂杨柳轻吻碧波，
久违了，
今夜浪花里重回梦乡；
她说：这是幸福时光。

呀！望无垠苍茫，
云朵对蓝天说：
幸福时光，
我在蓝天自由飞翔；
星星对蓝天说：
幸福时光，
我拥有那个红月亮。

啊！
让那红云做我翅膀，
让那红衣做我霓裳；
我要飞去时空隧道，
找回我的幸福时光。
我愿做那快乐流星，
在星河寻觅幸福时光。

2011.7.18. 洋澜湖

蝴　蝶

乘着阳光，款款飞来，
清风如你的笑靥，

明月似你的心结。
倘若在碧绿原野，
相聚翩翩翱翔，
仿佛六月的天空
漫天飞雪。

记否那个蝴蝶梦？
人世间百年的眷恋。
假如不能比翼双飞，
欣然携手离去，
碧波芳草依依惜别。

是否真的蝴蝶梦？
那个美丽的传说；
在花开花落的雨季，
飞来两只神奇的蝴蝶，
把美丽的故事重演。

眺望东方霞光冉冉临近，
片片红云在风中戏蝶；
湖畔杨柳依柔曼舞，
柳枝儿轻轻拍打，
寂寞的湖面。

两中小蝴蝶，
在绿柳丛中款款飞翔，
轻吻着波澜，
穿过片片绿叶；
带着那个美丽的梦，
一直飞向遥远的天边。

清风徐徐，杨柳飘飘，
蝶儿双飞，如霞如雪；
飞吧！飞吧！
飞向天之尽头，
阳光温柔亲切。

啊！
蝴蝶梦的神往，
曾如这波澜滔滔不绝；
携手远行，踏波而去，
哪怕尘世不复万劫！
天地轮回，
时光焉能倒转；
生命的光辉岁月，
相伴红衣舞雪，
地老天荒，直到永远！

2011.7.21. 洋澜湖

天　爱

一只鸿雁从雪山飞来，
带着晶莹芬芳的天爱；
所有的同伴把她簇拥，
手牵手欣然奔向蓬莱。

那来自雪山高原的清泉，
滔滔东流汹涌澎湃；
浩浩然把人间的苦难带走，
悄悄地把天下的烦恼掩埋。

仰望苍天白雾茫茫，
看不到星光找不到皓月；
为了那个美丽的向往，
驾一叶红帆星在河漂泊。

纵然留不住青春岁月，
转眼间桑田已成沧海；
心中的太阳永不凋落，
万水千山珍藏在胸怀。

忘了吧！昨夜的梦魇，
莫感叹雨季曾经沉默；
哪怕潇潇夜雨不再重逢，
哪怕红尘一梦化着尘埃；
等待明天，
那一叶红帆从云海驶来，
带着上苍的祝福，
南飞的鸿雁满怀喜悦。

啊！
这是来自苍茫的天爱，
蕴含了五千年，
在天地间弥漫展开；
你不要在爱的彼岸徘徊，
让我们手拉手，
去创造一个美好的世界；
让我们去播种，
那普照天下的无边大爱。

2011.7.22. 洋澜湖

我是浮云

我是天边的那片浮云，
从茫茫大海轻轻飘来；
随风浮沉往何处去？
渺渺茫茫只剩下虚无。

曾经向往那闪烁的星星，
可是阳光下星星消失在云海；
曾经向往那个月亮，
可是雨季里它被风雨掩埋。

最快乐是那数流星的日子，
无垠的星河共流星徘徊；
最寂寞是在空旷中孤独漂移。
没有谁对我微笑听我诉说。

总有一天要舍弃这个世界，
如那叶红帆黑夜沉没停泊；
总有一天要坠落红尘，
晨曦中酣睡不再醒来。

总想朝霞给我金灿灿的红衣，
身披霞光归去幸福满怀；
总想去茫茫雪山寻觅未来，
雪花飘飘我在冰川沉眠深埋。

从此我心不再孤独流浪，
从此再也不看春花秋月；
皑皑白雪如同这颗晶莹的童心，
我在春天里融化，
滔滔流入浩瀚大海。

2011.7.25. 洋澜湖

寻　觅

五千年的光阴，
看不到尽头；
有山的纵横，水的妖娆。
九万里的旅程，
你孤独行走，
共月光徘徊，与星星为伴；
太阳冉冉升起，
温柔阳光照耀。

多少个日日夜夜，
岁月苦短；
寻寻觅觅，
纵览云飞苍茫，
眺望满天星斗；
是否？
想采撷那片白云，
做你的翅膀，凌虚扶摇；
是否？
想化着那颗流星，
漂移星海，熊熊燃烧。

曾在蓝天的这边，
走到沧海的那头，
你依然孤独寻觅，
多少春华秋实，夏荷多娇；
几回梦里，
红尘漫漫，白雪飘飘。

好想去九天之上，
牵着你疲惫的手，
吻你的双眸；
你是否等待？
我从茫茫云海走来，
轻轻抚摸你的脸，
搂着你寂寞的腰；
我们一起去寻觅，
那五千年的梦；
一起攀登，
那九万里的琼楼。

2011.7.26. 洋澜湖

夏　　日

炎热的风，鲜艳的太阳；
夜太短，汗水太多；
阳光太灿烂，梦太渺茫；
那轻轻飘逸的绿柳，
湖水湿透了青青的衣裳。

晨曦中湖畔观柳，
漫步在木栏桥廊；
清风送来鸟儿悠扬的歌声，
白云羞红了笑脸簇拥着霞光。

黄昏中再来湖畔，
木栏桥廊人来人往；
去寻觅那迷人的笑靥，
今夜谁知你何处躲藏。

最向往那明媚的星光，
还有沉寂湖水的红月亮；
随波澜千里流光徘徊，
波澜送不走此岸荷花的幽香。

也许，
这个雨季太漫长，
赏不尽夏荷清韵，
望不断万里骄阳；
你是否在彼岸等待？
等待此岸荷花的幽香。

也许，
你也在远方的湖畔徜徉，
沐浴同样的星光和月亮；
让我们变成夏夜的萤火，
在湖畔相随闪闪发光；
让我们融化夏日的骄阳，
在蓝天驾驭阳光神翼，
向着太阳升起的东方飞翔，
去观叹大千世界的浮艳沧桑。

2011.7.27. 洋澜湖

夜

灯，闪烁；
雾，迷惘；
星星，在屋檐上；
月亮，躲进云层；
歌声，恍若烟花。

此岸歌舞，陶醉依然；
畅饮此杯，生如夏花；
望流星闪烁瞬间，
醒来踏一岸落花。

夜，好漫长，
找不到边缘；
夜，好深邃，
追不上远去的帆。
假如这是空茫的黑洞，
让我悄悄潜入，
莫怕此去不还。

饮一杯美酒，
分不清紫绿红蓝；
来一首歌，
携手上蓬莱仙山；
我欲乘风归去，
去寻找，
那神秘的彼岸花。

2011.7.29 晨　洋澜湖

蝙　蝠

浅浅飞翔
在黄昏　风雨欲来时
风吹皱的湖面上
夕阳下　你如黑色天使
随风翩翩起舞
轻吻着波浪

你去不了凌虚的苍茫
你见不到金色的太阳
你在绿色的杨柳岸
你赞美银色的月光

你不眷恋春花秋月
也不咏叹花艳花香
炎炎盛夏　烈日如火
你掠过树丛
笑迎夕阳
你只在风雨来时
相聚湖畔
享受片刻的欢乐

有时
你也会在风雨中搏击
仅几个回合
在风雨和雷电之间
你如黑色的天使飞翔

有时
你在月光下跳跃
不会凌空万里
只随风踏波逐浪
你穿行于亭台楼阁
那廊桥木巷中
你与游人比肩相约

你可否成为银色天使
月光下唱一曲蝙蝠之歌
呵
不要这样
你的世界
只能在黄昏的湖面上
迎风追赶夕阳
呵
黑色的天使
黎明到来时
你是否笑迎朝阳

    2011.7.30 晚　洋澜湖

勿　忘

天边浮云　悄悄飘走
那片天空　曾经湛蓝
昨夜风骤雨狂
云说：勿忘
我已化着那飘逸的雨
我已成为那奔腾的河

我是天上的浮云
总有一天怆然凋落
或去遥远星河
或在原野相伴泥土的芬芳

假如　我从蓝天飘走
呀！勿忘
我曾在你的世界欢乐
曾相伴星星和月亮
连风儿也知道我曾来过

我好想去星河之上
一万年前我曾在苍穹
是星星中最亮的一颗
后来　我向往自由
于是在星河孤独流浪

假如我真的去星河之上
呀！勿忘
在风清云静之夜
你眺望遥远星空
那闪烁的流星
就是我……

云浮沧海　月色如霜
苍天渺渺　海水茫茫
呀！勿忘
你是那片红云吗？
快来星河之上
相伴自由飞翔
俯瞰红尘无限风光

    2011.8.1. 洋澜湖

雷雨声

昨天好大的雷雨声
闪电　雷鸣　狂风怒吼
天地混沌　看不到飞鸟
我在风中奔跑
怕狂风把那红云吹走
我在雨中寻觅
怕暴雨把那红衣湿透

是你在呼唤吗？
如这雷雨声的呼唤
从九万里凌霄飘来
天地在颤抖
我的灵魂也在颤抖

你是否如那闪电奔向我
在这个雨季的尽头
秋风不曾到来
枫叶尚未红透

好怕秋天来临
雨季就要结束
你是否也随雨季飘走？
消失在秋光里　再不回头
如今夜的星空　看不到星斗

啊！雷雨阵阵　如歌如潮
闪电的光芒
带着我的思念
飘逸在天之尽头

你是否在那里等待？
倘若我如闪电到来
你是否像这雷雨声？
突然消失
茫茫天地　静悄悄
只剩下我
孤独举杯
望秋色离愁

2011.8.2 凌晨　关山

七　夕

也许　我们
相识在冰河时代
很遥远　很遥远
我们身披树枝
每年的今夜
我们在星河自由相爱

也许　我们
相识在石器时代
那是智慧之花初放之时
我们手捧橄榄枝
每年的今夜
我们在人海里相依相伴

也许　我们
初识在暮春花海
相思在潇潇雨季
相逢在明媚的秋光里
今夜　我们手牵手
去把牛郎织女拥抱
　2011.8.6（七月初七）夜　洋澜湖

传　说

昨夜的星河　群星闪耀
喧闹的鹊桥　人来人往
茫茫星海
寻觅那织女牛郎

我去询问
什么是幸福快乐？
织女说：幸福就是相伴牛郎
牛郎说：携手织女世界充满快乐
星星说：相聚鹊桥今夜为幸福歌唱
月亮说：快乐写在脸上
那飘逸的红云
欣然翩翩起舞——
幸福是与星星为伴
快乐是拥抱红月亮

从梦境醒来
举头向星河眺望
浩浩夜空

依然挂着那红月亮
半掩娇羞　舞袖嫦娥
看那鹊桥　依然人来人往
听那歌声　隐隐约约
仿佛夜莺在歌唱

什么时候
相逢织女牛郎
仿佛五千年的修炼
已造就不朽的雕塑
什么时候
重温那个传说
仿佛一万年的轮回
只有七月初七之夜
我们在喧闹的鹊桥相约

红尘苦短　几度渺茫
相望星星　携手在鹊桥之上
昨夜　你是否眺望星河
听夜莺轻轻歌唱
　　　　2011.8.7. 洋澜湖

第一行秋雨

午夜　雨点敲打窗台
潇潇秋雨
斯人梦中醒来
呵！今夜已入秋
这个雨季依旧伸延

隔窗远望
再也看不到半轮弯月
只有如烟的雨雾
洒满了开着茉莉的窗台

这是第一行秋雨
仿佛离人泪水千行
使记忆的河流决堤
那个秋风萧瑟的黄昏
我们曾经手牵手
在秋风中默默走来

好美丽的落花
飞在天空　满天残红
好璀璨的红叶
飘在风中　满眼秋色

那年
两个青春的倩影
沉醉秋雨红尘
含情脉脉
那年
两只彩蝶翩翩
相恋九月山峦
红叶摇曳

今夜
数着第一行秋雨
把那尘封的信笺掩埋
秋雨依旧　笑颜难觅
不见海棠花开

今夜
数着第一行秋雨
恍若回到暮春时节
春雨绵绵　如梦难舍
雨季的河流
一只红帆　欣然飘来

啊！
第一行秋雨
汇成滔滔波澜
相送红帆远游
驶向无边心海

2011.8.8. 洋澜湖

注释：2011-8-8（农历七月初九）04时34分立秋

泪的咏叹

如这茫茫秋水
汇成滔滔泪河
红尘故事泛若波澜
聚集了所有的快乐和忧伤

春花绽放的日子
喜悦之泪似涓涓春水流淌
月光皎洁的春夜
泛一叶轻舟在泪河上飘荡

秋风冷落的寒天
苦痛的泪和别离的歌
鸿雁带走了所有的温馨
孔雀东南飞已成最后的绝唱

假如幸福　假如沮丧
舀一瓢泪涌起滔天洪波
把迷惘的双眸洗净
把心痛的往事淹没

终有一天
生命之舟要驶往忘川河
所有的爱恨情仇化着一碗孟婆汤
望乡台上最后看一眼难舍的家乡
喝下这碗忘情水
将此生的故事遗忘

是否？真的跳入忘川河
等待一千年的时光
目送心爱的人
在桥上一次又一次走过
相见不相识的岁月
是前世今生的情殇

啊！这泪的咏叹
诉不尽人世沧桑
当你泛舟在泪河上
知否生命之舟
如何快乐驶过……

　　　　　　2011.8.9. 洋澜湖

茉莉别枝

一帘花朵
芬芳使人忌妒
别下几枝
让它另立门户

茉莉别枝
不知谁心痛
曾经相依相伴
芬芳缠绕
快乐绽放

洁白的花瓣
如半弯月亮
一枝一枝
一朵一朵
开满青春伊甸园
梦如春水流淌

却要别离
去另一钵土壤
再不能牵手
只有痴迷相望

茉莉别枝
不要离开我
曾经相逢暮春时节

却难再聚皓月秋光

茉莉别枝
谁怜只影寂寞
曾经誓言长相守
却唱秋风别离歌

啊！茉莉别枝
真的不要难过
今天
你成孤独的一枝一朵
明天　生长成林
飘洒一身娇艳芬芳

如果　你真的孤寂
让我为你歌唱
擦去你的泪
滋润你的芳心
相伴漫漫长夜
等待那醉人的花蕊绽放

　　　　2011.9.12. 洋澜湖

天　说

那是无语的天说
伴星星，云和月
似梦不断的风尘
随夜雾一起漂泊

星星说——
你曾是星，与我为伴
为了自由流浪
你去了红尘下界
饱尝人间五味
吞噬着苦难和喜悦
假如有一天
你不堪忍受
还是乘风归来
和我一起漂游星海

月亮说——
你曾围绕在我身旁
是我的依恋和最爱
可是你要去红尘
看大千世界
欣赏那春花秋月
假如有一天
你感觉心痛，寂寞
那就在明月之夜
静静地望着我
对我诉说

云朵说——
你曾和我相随
茫茫苍穹何等自在
可是你经不起红尘诱惑
飞往万花丛中戏闹沉醉
享受无尽的欢笑情爱
假如有一天
你不再快乐

还是驾云回来
和我一起云游
笑谈红尘往事
不在黑暗中沉默

雾说——
你的幸福和快乐就像雾
人生航船沉浮在雾海
想哭的时候不知对谁哭
想笑的时候没人陪你笑
想说的话无人诉说
假如有一天
你已迷航
船儿在雾海沉沦
你却在孤独等待
你的心何处停泊

风尘说——
你本是自然的一粒尘土
变成人样从红尘走来
爱恨情仇伤痛甜蜜
挥不去红尘苦恋
丢不下红颜至爱
假如有一天
你想放声大哭
就独自站在旷野
让暴风雨洗礼
全身淋浴
谁也看不见你的泪
谁也听不到你在哭泣

啊！天说——
红尘有爱　我对天说
红尘有泪　知为谁落
红尘无奈　天亦不说
何日驾驭一叶红帆
归去星海　不再回来
天说！天说！
问君是否舍得？
　　　　　2011.8.13 晨　洋澜湖

追忆先灵

黄昏　落日余晖
纸烟袅袅　在风中吹
湖畔　火光闪闪
鞭炮声中　路人晚归
垂杨拂袖　一湖秋水

啊！追忆先灵
一缕缕纸灰
在黄昏里燃烧
在暮霭中飞

假如　一百年前
我们还没有到来
这里依然烧着纸堆
我们的先人
在祭祀他们的先人
纸烟在风中吹

伫立杨柳湖畔
年年柳色雾霁
送斜阳　迎朝晖
望天边　一轮圆月
云雾缭绕　朦胧如醉

是否？
先灵们手捧纸钱
今夜相聚举杯
舀湖水煮酒　不醉不归

忽见湖面
那圆圆的月亮　被晚风吹碎
满眼沧桑　满脸皱纹
水波逐流　若白发离离

啊！难道先灵们
也来湖畔木廊　与我相随
看这滚滚红尘　纸醉金迷
不如不归　趁今夜明月
嫦娥举袂　送老酒千杯
　　　2011.8.14（农历七月十五）
　　　　　　洋澜湖

干　杯

人生难得几盅酒
相逢一笑共举杯
天边的月

凌霄的云
星星也为酒色迷

为你干杯！
如茫茫天山冰川雪
一泓清流若雾霁
满杯风雨　满杯相思
干杯！
此生快乐总相随

为我干杯！
如浩浩河汉流星雨
佳梦诗絮彩云飞
一杯忘忧　一杯解愁
干杯！
醉里乾坤晚风吹

为往事干杯！
如滔滔江河向东流
蒙蒙雨季作别离
几杯风月　几杯痴心
干杯！
烟雨红尘梦转回

为明天干杯！
如彤彤红帆去远游
万里波澜送风雷
千杯海水　千杯不醉
干杯！
人生百年求一醉
　　　　2011.8.17. 洋澜湖

热 风

从烟波浩渺的大洋吹来
带着火一样的热情
从遥远无垠的星河飘来
拥抱黄金般的流星

曾为天的湛蓝倾倒
赋予九万里的灵性
曾为海的波澜折服
洒下五千年的泪珠

要染红满山红叶招摇
如一面面五彩的画屏
要熟透遍野果实灿烂
如一颗颗流萤的水晶

你走过春天的花海
花的神韵花的芳心
你走过夏日的河流
水的清澈水的精明
你在秋光里共云霞燃烧
要唤醒大江滔滔的魂灵

渴望你吹落天上的雪花
送给我十万年的寒冰
渴望你带着上苍的祝福
送给我梦中飘的流星

我将摘下流星珍藏
如同我这颗不变的童心
让热风把流星吹醒
等待春天
我们携手花海陶醉芳林

2011.8.19. 洋澜湖

碧波秋水

做客碧波，看一湖秋水
满眼秋色
望波澜深处，一行秋雁
匆匆归去
带走几多消息

曾经携手，秋光正好
秋色正浓
满山红叶，迎风摇曳
落红点点，飘逸天涯
红尘淅沥

你在梦里，我的梦里
如夜雾迷惘，寻寻觅觅
假如今夜来我梦里
相视落花秋红
摘一片红叶

2011.8.23. 武汉东湖

梦之帆

独自湖畔凭栏
望远去孤帆
夜色把我包围
相伴一湖波澜

任秋雨淋湿风中衣衫
如那年携手湖畔看帆
望一湖秋水，几只沙鸥
云天外，一行孤雁
叹夜色阑珊

也许，梦之帆到不了彼岸
望穿秋水，断几缕如雪白发
也许，梦之帆去了来世之海
风骤雨狂，带走一路落花

也许，
我在你的世界是个传说
你在我的世界
如云海红帆
漂泊梦之星河
找不到停泊的港湾

呀！那如幻如醉的梦之帆
2011.8.25. 武汉东湖

秋　雨

望一湖碧波，轻拍栏杆
雨中的孤楼
我在孤楼上，凝视远方

秋雨来了，催我醒来
轻轻敲窗
一点一点，一行一行

真的不想醒来
如果此生就此沉眠
秋雨中……
何等幸福呀！
任秋雨淹没，
我生命的漫漫时光

可是，绵绵秋雨
在绿荫中流淌
恍若昨夜梦里
思念的泪水流淌

独自听秋雨吟唱
好想相伴你一起欣赏
听一曲梧桐雨
折一束秋海棠

我在秋雨中醒来

望雨点洒满秋窗
那远去的秋雁呀!
是否到了南方……
　　　　　2011.8.30.武汉东湖

初上井冈

几回梦里呀!
想上井冈山
那是神圣的山
初上井冈山
风雨掀狂澜

从云里雾里走来
夜色已阑珊
不见当年杜鹃红
千山万水任纵横
我站在山峦
望天外云飞
流水潺潺

走在夜雨里
秋水湿了衣衫
折两枝丹桂
望闪烁的虹霓
还有情人湖的灯火
彩船和锦帆

这是夜的风景

几回默默缅怀
创业艰难
　　　　　2011.9.2.井冈山

红色狂想

客居碧波呀!
看一湖碧波
泛舟无边波澜
望一行秋雁
飞向远方
波澜荡悠悠
我在水之中央

乘风千万里呀!
重上井冈
站在山峦险峰
望风雨云聚
渺渺烟波
山在云之上
我在山之上

欲乘风归去呀!
梦回南昌
伫立城楼亭阁
耳边犹闻第一枪
望秋光正好
赣水苍茫
秋色满天红呀!

红色狂想……
            2011.9.4. 井冈山－南昌

秋　红

从暮春的雨季走来
如花绽放，如云汹涌
雨季的河流
桃花春水，溪流淙淙

来到秋的山峦原野
漫天飞舞，片片秋红
如火红的枫叶
陶醉秋雨蒙蒙
如风中彩蝶
沉湎秋色正浓
秋花秋红飞满天
恍若沧海飘彩虹
如诗，如画，如梦

让你装饰我的天空
胜却出水芙蓉
让你描绘我的世界
落花时节追梦

昨夜
你又来我梦中
红叶满天，满天秋红
那笑颜，那歌声

牵着你的手
寻觅芳踪……
            2011.9.8. 关山

问　月

真不想你来
假如没有黑夜降临
阳光依然温柔
那太阳不被黑暗掩埋

假如，你不那么遥远
就在树梢头
我可以听你的梦
假如，你不在水里头
就在湖畔亭台
我可以和你轻轻笑谈

真的不想你走
假如明天不再到来
我们在夜幕下
携手漫步
我们在杨柳岸
共波澜徘徊

假如，你总在黑夜里微笑
看人间的美丽汇成星海
请把最亮的星星摘给我
让她照耀我的梦境

可是，你说——
这是一个匆匆的世界
来也匆匆，去也匆匆
红尘如梦
终化着尘埃

可是
你要来到我的梦里
给我一个红月亮
一个红红的世界
一个红色的爱
2011.9.10. 洋澜湖

让秋风把我吹走

秋风，秋风，把我吹走吧！
吹到天边化着一片云
云儿飘逸去寻找故乡
我心如云，在星海浮沉

茫茫星海我不再孤独
风儿在吹，心在升腾
秋风，秋风，把我吹走吧！
我渴望找到那片红云

红云，红云，曾经的梦境
看星海红帆几度沉沦
风送红帆，驶向苍茫
茫茫天地任我驰骋

渺渺红尘焉知彼岸
我心渴望那自由的灵魂
秋风，秋风，把我吹走吧！
此岸如困，彼岸新生
2011.9.15. 关山

天总是那么蓝

天总是那么蓝
淡淡蓝天下
望云朵驰骋纵横
霞光如云翼
红云似锦帆

好想摘一片红云
装点五彩花环
云霞满天的日子
看他乡明月
照亮了家山

家山已是秋风萧瑟
满山红叶如梦如幻
让秋风把我的梦送给你
相忆暖风暖月
我们曾经快乐笑谈

好想携手去看外面的世界
我如浩浩波澜一孤帆

你似茫茫大海一只船
什么时候我们乘风远航
陶醉同一蓝天下

啊!
几回举头仰望
天总是那么蓝

2011.9.28. 关山

湘江行

望湘江,如天上之河
漫卷长沙
去往长江
我在天河之上
望秋雨潇潇,秋水茫茫

看湘江,如浮云一朵
从南方飘来
向北流淌
我在橘子洲头
看雾锁秋江,霜冷长河

走湘江,如彩虹桥廊
我在桥上漫步
望一江秋水
看天地苍茫
湘妃舞云霓
斑竹一枝香

我们携手,在彩虹之上

啊!湘江　湘江
我梦中之河
当年泛舟波涛远
今夜相随数湘江

2011.10.1. 长沙

温　柔

因为冷
想牵你的手
如春天般温柔
走过寒冬,走过荒漠
云亦悠悠,水亦悠悠

暮春的雨,曾淋湿衣袖
任一湖波澜
带走昨日的寂寥
风如潮,吹到天边
是否?你正默默回眸

看那灿烂阳光
依然温柔
宛若牵着你的手
如春天般温柔

2011.12.5. 关山

来自冰河的爱

来自冰河的爱
曾经无数岁月的等待
当冰川化着一泓春水
诺亚方舟载着我们
默默驶来

沉寂的心在冰河沉睡
多少个昼夜交错
都不能释怀
当听到你轻轻的叹息
那冰凌花在黎明前
悄然盛开

也许,那枯绝的灵魂
早已飞往云天外
如冰的星,如弦的月
唤不回浮生如梦的漂泊
漂泊的孤舟
笼罩在漫天烟尘中
好想!
回到那月白风清的
冰河时代

让飞溅的尘土
把旧梦掩埋
来去匆匆

几多红尘过客
待明日
高高挂起一叶红帆
乘东风
去浩瀚无垠的大海

来吧!来吧!
请跟我来!
唱一首爱之歌
为我们祈祷!
问苍茫大地
何处寻觅?
来自冰河的爱

2011.12.30. 关山

红　韵

五百年春风
吹过玉门关
播下香荷,雨润池塘
五月鲜花盛开
出水凌波
秋光里娇艳欲滴
红韵飘香

呵!
荷花出水,若仙子凌波
风中红韵,红韵飘香

好想摘一朵
却不忍离枝情殇
伫立彼岸
陶醉红韵的芬芳

呵！八月秋风
吹拂碧绿清荷
鲜花已变成熟透的莲子
嫣然一笑，恍若出嫁新娘

你涵养了五百年的春雨
把雪山甘泉珍藏
你沐浴着明媚秋光
舞动瑶池王母的衣裳

这如歌的梦之红韵
曾来自遥远的星河
那年我是天上的流星
你欣然伴我在浩渺苍茫

我要采撷最美丽的莲子
相伴红韵扶摇九天之上
拥抱那春风秋月
为红尘播种幸福吉祥
   2011.8.20 凌晨　洋澜湖

第三章　天命之上

梦雪的时光

梦雪的时光
最寒冷的时光
冰川
封锁了岁月的长河
来不及回首
那个玫瑰色的梦
已被冰河埋葬

梦雪的时光
最渴望的时光
那破雾而出的旭日
把冰封的思念照亮
期待春天到来
滔滔春水融化冰河

梦雪的时光
最幸福的时光
冬天已经来了
春天何处躲藏
雪花飘逸着美丽
携手漫步山峦
踏雪寻梅
共赏今夜明月
照万里寒江

2012.1.4. 关山

渔　翁

清清一湖水
黎明不见波澜
渔翁划桨
悄悄驶来渔船
水寂寞，云纵横

一轮红日
在湖面升起
照着渔翁，也照着渔船
当年垂钓杨柳岸
暮春花雨中，偶遇笑谈

十万载寒川融入冰山
雨季的河流，默默扬帆
我是渔翁
举桨揉碎一湖波澜

远望云深处
茫茫雪山
茫茫雪海，飘来一叶红帆
向阳光祈祷
恋月色阑珊

我是渔翁，你挂红帆
携手划入茫茫雪山
去琼楼玉宇之上

相望星河锦帆
2012.1.9. 洋澜湖

天命之上

天命之上有我
我从莽莽雪原走来
去寻觅春天的花朵
去追梦幸福至爱

谁言天命之身
已成此生的残缺
绵绵黄土
要把老身掩埋
我心如飘逸不绝的雪花
洗涤人间的烟雨和雾霾

多少的快乐
只在瞬间化着尘埃
多少的痴情
也将变成那个传说
我在天命之上向你招手
是否
你沿着弯弯曲曲的小路
欣然投入
我渴望已久的心怀

天命之上有你
你是红尘佳梦的

不朽等待
当流星追逐月亮躲藏
好一个忘年情缘的
动人时刻
2012.1.18. 关山

竹之词

在寒风凛冽中
傲立冰雪
依然青翠欲滴
数不清寒来暑往
风如刀，霜如剑
相伴青山绿水
笑看红尘淅沥

修心，如竹之词
节节空旷，节节攀升
在原野，在绝壁
独自千山万水
去把心之竹寻觅

在暮春的雨中
悄悄走来，暖风习习
呵！修心，如竹之美丽
等待你！
一百年，甚至更遥远
看不尽红尘风花雪月

漫漫岁月
携手在竹林之海
绿色的风
吹动山青水碧
那一叶红帆
在雨季的河流飘逸
那一行鸿雁
从南方飞去又飞回

啊！春风即将吹拂
江南的岸
在暖暖风中徜徉
修心如竹，节节相随
假如，那竹节
油然相通，再无阻隔
修心，如竹之词
几多妙语佳句
吟罢无痕迹

    2012.2.2. 洋澜湖

慈　祥

因为爱！
你变得慈祥
因为慈祥！
你拥有这个世界

不曾相逢的日子
爱离我们很远

那慈祥
只有朦胧的影子

暮春花雨中
与你相识
你的笑容
汇集了五千年的美丽

终于
携手去看月看云
那云彩洋溢着幸福
慈祥
写在你脸上
铭记在我心里

    2012.2.11 晚　关山

山的印象

重重峰峦
雾里长，雨中昂头
多少春秋匆匆
不知忧愁
春来暖风吹拂
鲜花开处倚琼楼

岁月的故事
流失在历史的长河
山的印象
漫漫云海无尽头

风雨洗礼，如歌如潮
假如阳光普照
携手看不尽群峰妖娆

是否？
你在山的那头
等待云霞降临
多少回倚栏远望
千回百转，关山遥遥
渴望重逢
梦不断千里迢迢

    2012.2.24. 太和

让冉冉朝霞
把心魂带走
如那翱翔的云彩
飞向太阳

不要忧伤！
相逢天涯路
生死两茫茫
当太阳升起时
你来东山看我
让我的祈祷
温暖你的心
如那一缕阳光

    2012.4.5. 关山

殇

葬我于东山吧！
向着东方
看太阳升起
带来第一缕阳光
那是生命的希望

不要埋冢西山冈
背向朝阳
看黄昏日暮
带我去黑暗
雾月苍凉

葬我于东山吧！
在阳光灿烂的清晨

思　柳

千百回，在你身边徘徊
千百回，从你身边离开
一次又一次，你轻吻脸庞
一次又一次，我从远方走来

你绿了湖畔春堤
你暖了彼岸阡陌
你醒了千年酣睡
你醉了暮春风月

别离的时光
折一束柳枝珍藏

寒冷的冬季
让你绽放一丝春色

重逢的日子
叠一圈柳韵
携手月光下
听你轻轻诉说

你在遥远的他乡
默默等待！
思柳，如这满眼春色
我在暮春的岸堤
踏青寻觅！
思柳，如这飘逸的彩云
望你归来！

2012.4.7. 鄂东

垂钓遐想

一湖碧波
望不到尽头
几多鱼儿
来往自由
在水面漂浮
去水底探幽
满天星星
曾结伴同游
那个红月亮
曾深情拥抱

然而
却经不起红尘诱惑
轻轻一咬，从此别离
去烈火热浪煎熬
最后诀别的瞬间
魂兮归来，凤凰涅槃

多么可恶的钓者
甚至老翁
为了一时极乐
葬送了多少美丽的生灵
若梦呓难消

垂钓！垂钓！
请快离开
这无垠的波澜
是鱼儿的乐园
何时？放下钓竿
沐浴一泓春水
与鱼儿同游

2012.4.8. 鄂东

流　水

从茫茫雪山走来
奔向无垠的大海
在峰峦听苍鹰歌唱
春风中轻拂那斑斓的云彩

你把生命的年轮冲开
露出一丝丝诡异的颜色
你把灵魂的魔音奏响
洗涤剪不断的无声表白

假如，那是九千仞的高山
梦里相逢，听流水一曲
假如，那是十万里的红云
相伴黄昏，心灵何等喜悦

生命如这悠悠流水
悄悄逝去，不堪复来
昨夜的美丽
醒时更添几重春色
让生命之红帆
驶向燃情岁月
云在飞越，心亦飞越
千里之外，与君诉说
好一个心动时刻
　　　　　　2012.4.11. 关山

告别
不见一影红帆

告别，那一湖碧波
涌动涛头，涌向天涯
告别！不见一影红帆
只有清风轻柔

只有明月半弯

别时的湖水
安知心海波澜
别时的明月
焉能此去不还

何时重游
看湖中清波
何时泛舟
看水中孤帆

让那一丝绿柳
作别迟暮的春山
让那一缕炊烟
带走最后的流沙

告别！不见一影红帆
西湖，只在梦里笑谈
告别！不见一影红帆
谁言再见？
那苏堤春晓，那雷峰梵塔
此生的风景
化着断桥残雪
滋润四月的杏花
　　　　　　2012.4.15. 关山

梦回西湖

西湖，曾经是一个梦
在我梦里，相逢一湖波澜
西湖，曾经是一个梦
在我梦里，几时携手重游

呵！那断桥残雪的风景
冷却了许多童话的美丽
记否？
在梦中，在湖畔
踏雪寻梅
那一枝绽放的花朵
至今留在绿柳苏堤

呵！那雷峰塔的肃静
愁煞多少寂寞的游人
记否那年？
白娘子乘兰舟归来
梦不断一帆红伞
红透了天边的彩云
假如，你是许郎？
是否？把断桥续起
让那塔身沉没湖底
忘却了
几千年的烟雨红尘

西湖，在我梦里

那一湖波澜
依然潮动心海
西湖，是否也在你梦里
何时？梦回西湖
相看一湖碧水

2012.4.14. 西湖

虚　无

渺渺孤烟
升腾在大漠之上
望不见远方的岸
只有一片暮云相伴
那一叶红帆
没入雾海
渐行渐远
仅剩下…虚无

曾经的誓言
就要被淹没
在滚滚红尘的喧闹中
守不住
心中的那片绿洲

曾经在彼岸
等你归航
即使等待一万年
用满头白发
辉映朝阳

等待你为我歌唱

虚无
像茫茫星河
我若流星孤独流浪
虚无
像茫茫大海
我依然寂寞远航
2012.4.17 凌晨　关山

春　画

如画，描绘春天的美丽
垂天绿柳，轻拂浮云
把春天挽留
送波澜远游
伴一叶红帆

春，渐远
一湖清涛，从春流到夏
遥寄彩笺，把春留下
唱一首歌，拟一幅画

画中，红衣举袂
玉笛绕青山
你从画中走来
同上兰舟
相伴天蓝海蓝
2012.4.21. 湖畔

花香的季节

花香的季节
君却远游
云如花朵绽放
舞姿婀娜

梦里几回携手
踏青旷野山峦
折一束玫瑰
赋予花一般的温柔

梦里漫步观潮
钱塘的波澜
顿作巨浪滔滔
让那涛头
送远去兰舟
心如潮水
滋润花朝

呵！花香的季节
君要远游
让那彩云相伴
看大千世界多娇
无忧无愁
2012.6.4. 关山

曾与阳光同眠

阳光
从黄昏走到清晨
从东方照亮西边
永不停航
日日夜夜……

好想！
让阳光静止
与我同眠

若与阳光同眠
将把无边的心事相诉
若与阳光同眠
将把光明的信念相传

假如，有一天
天空再也没有阳光
世人翘首以待
望眼欲穿
我将轻轻告诉你——
阳光！曾与我同眠
不要把她吵醒
她正在梦见春天

2012.6.14. 关山

飘　云

像那片云一般飘渺
禁不住一丝风吹
倘若化作一片雨雾飘落
期望洒在我的田野岸堤

即使变为一汪清水
也不枉来人间嬉笑红尘
尤恐像街头的匆匆过客
不留下任何心动的痕迹

假如，你如云飘来飘去
即使万般飘渺虚无
我一定像那阳光燃烧
照亮你的双眸
温暖你的芳心
让你的身姿五彩缤纷
不弃不离

假如，真的！
你是那飘云
我依然像风把你追随
但愿不要！来去太匆匆
来不及回望
已不见红颜芳菲

2012.6.18. 关山

梦之龙舟

端午之梦
屈子飘然走近
向我招手
泛汨罗之水
波澜滔滔
屈子在龙舟之上
满眼烦忧
楚天茫茫风雨如晦
湘灵凝眸吟唱离骚

呵！屈子挥挥手
让我跟他走
去九州神游
看大千世界，红尘渺渺

屈子！屈子！
请把我带走
在这孤寂的世界
如茫茫黑夜
看不到尽头
只有云天外
那叶龙舟
诉不尽心中
千古离愁
楚天阴霾蔽日
湘灵泪已干枯

呵！梦之龙舟
在心海漂流
屈子挥挥手
仿佛招魂荒丘
好想！
携手红衣天韵
去龙舟之上
去快乐世界漫游
好想！
屈子驾驭那龙舟
带着你和我
如梦神游

2012.6.23. 端午节

飘飘白狐

如彩云的翼
似阳光的梦想
茫茫星河
嫌它太小
容不了心之向往
滚滚红尘
恨它烦忧
藏不下眷恋的网
于是
飞向苍穹
去寻觅燃烧的焰火

云在飘逸

身在漂泊
心在飞翔
漫漫人生无穷尽
谁抚笙箫醉江河
飘飘欲归去
再邀嫦娥
彩云谁相伴
一叶兰舟泛碧波
蓬莱路远
逝水沧桑
今夜为谁歌？

    2012.7.7 晚 洋澜湖

绿叶在歌唱

只因花朵的美丽
你披上绿色的衣裳
不为那袭人的芬芳倾倒
你在风中舞姿婀娜

石榴的红缨
曾让你无穷遐想
玫瑰的刺丫
也曾把你纤手划伤

在阳光照耀下
你伸开不屈的翅膀
在风雨洗礼中
你对蓝天轻轻歌唱

走过山峦，走过原野
穿越晨雾，踏碎斜阳
独自湖畔波澜
听绿叶在歌唱

    2012.7.8. 洋澜湖

谁在天命之上

红尘漫漫，人海茫茫；
一百年悄悄走来，如晨光，
又悄悄归去，似夕阳。
不见朝雾暮霭，
不留半点痕迹。
叹流年似水，
感日月如梭；
一去千里，
找不到彼岸花朵。

谁在天命之上？
听夜莺在梦里歌唱！
当酣梦醒来，
却不知他乡？故乡？

呵！我在天命之上，
望满天繁星如火，
闪烁！闪烁！
几时坠落？几点光芒？
安知？
那颗流星是我……

    2012.7.15. 洋澜湖

时光老人

时光,
像个永不疲惫的老人。
从黑夜走到黎明,
从黎明走到黄昏;
伴日月旋转,
观沧海浮沉。

徜徉在时光隧道,
把少年的青丝,
变成雪花飞尘。
让那流失的星光,
带走梦幻的青春;
在时光的河流,
慢慢漂泊,
手持杖藜的老人。

呵!何必感叹?
时光老人!
曾经多么美丽的青春。
恍惚,
桃花春水转头空;
醉眼望,
漫天雪花飘红缨。

呵!时光老人,
何时伴我,

去寻觅那……
如雪如霞的红纱巾。

2012.7.17. 洋澜湖

谁的传说

那个传说,曾携带一丝美丽,
流连在过去的岁月。
当你去那冰河徜徉,
依然可以听到,
那个古老隽永的传说。

亚当、夏娃已别了伊甸园,
只剩下枯树、干枝和竹篱;
那嫦娥已独自去了蟾宫,
碧海青天,空对一弯冷月。

当你慢慢来到我的世界,
可曾想把美丽变成传说?
当我欣然进入你的时空,
偶尔看到你的双眸含情脉脉。

时光在流水声中默默远去,
笑容在晚风吹拂下慢慢盛开。
当那流星划过苍穹,
月亮之上,
是否还有你的传说?

2012.7.19. 洋澜湖

蛊与歌

一首美丽的歌,
听了不想关;
如中蛊般痴迷,
走过一山又一山。

长亭晚,夕阳残照;
听笙箫,弹唱一片落霞。
长河夜,流星闪烁;
独上兰舟,今夜星光灿烂。

睡梦中,
还在思念那叶红帆。
飘逸在江湖,
穿越激流险滩。
听远方,
牧童玉笛悠悠;
仿佛,梦回童年,
在老牛的弯角,
戴上芬芳的花环。

呵!如中蛊般陶醉,
不愿醒来,
不愿睁开双眸。
在牧童的歌声里,
去续写那个美丽的童话。

2012.7.25. 洋澜湖

西岭雅竹

西来的风,
把我带到那,
高高的山峦;
云在脚下,
雨掩眼帘。

好想追上那飞鸟,
折一片彩云,
与我轻轻笑谈。

好想让星星相伴,
在茫茫苍穹,
唱一首歌谣。

回望身边,
那一丛丛修竹,
对我!睁大双眸,
仿佛,
要把那动人的故事,
亲自相传。

云来了,雨来了,
湿了薄薄的短衫;
那青翠的竹,
依然轻轻微笑,
仿佛把我挽留。

好想化作那云雨，
流连在山峦，
相伴竹的美丽，
修心雅存，
凡生梦之红颜。

2012.7.26. 关山

遥

千万里，
在天之尽头。
回首望，
山转峭峭，
水流遥遥。

五月的鲜花，
曾开遍峰峦。
独自采撷，
最美丽的花朵。
在山之巅，
望流水如云，
东去渺渺。

那彩云在苍穹随风漂移，
那流水在山涧逐浪沉浮。
假如，
借我一双翅膀，
翱翔云海，
九万里的旅程，

翻动扶摇。

即使太遥远，
在天之尽头；
哪怕一万年，
总要牵着你温柔的手，
一起吟唱
那心动的歌谣。

2012.7.27. 关山

心 网

破雾日出，
那片金色的阳光，
沐浴街市村庄。
鸟儿在飞翔，
晨风在歌唱。

苦夏灼热如火，
感叹夜漫长。
独自湖畔观柳，
绿丝万条，
轻拍波澜荡漾。

远方，
一条小船，
在湖面低吟浅唱。
是否？
你在那小船上，

看渔翁撒网。

假如，
我是那鱼儿，
真的等待！
进入你的心网。
但愿你！
把我放回长江，
和你一起畅游，
浩瀚的海洋。

2012.8.5. 洋澜湖

知　　了

盛夏，是你的天堂。
谁？伴你享受这火热的情怀。
盼望！
乌云散尽，
阳光飞来。

酷暑，是你的梦想。
谁？在你的身边悄悄走开。
哭泣！
秋风凋零，
秋雨漂泊。

呀！知了，
知谁的悲哀？
此生的风景，

在落日的余晖中沉埋。
明年，
骄阳似火的日子，
我依然听你歌唱！
是否？你为我等待！

2012.8.8. 洋澜湖

告别湖畔

那一岸杨柳，
依然轻吻波澜；
那东方旭日，
依然笑容灿烂；
那一只飞过的水鸟，
在白云和浪涛间笑谈。

悄悄地，告别！
湖畔杨柳依依，
却不见那一叶红帆。
心之船，
已向彼岸启航。
不论水阔路遥，
哪怕浪涌涛翻。
驶向遥远的星河，
谁伴浪迹天涯？
君行天下，
何惧一去不还！

雾正浓，风如山，

举桨擎云向天横!
驶向彼岸,
你在岸上,何等企盼!

啊!告别湖畔,
那垂杨绿柳,
是否把我遗忘?
那滔滔浪花,
是否还有笑颜?
今夜,煮酒千杯,
与谁?共醉波澜……

2012.8.29. 关山

天湖小舟

那来自苍穹的湖呀!
波澜泛星光。
一闪一闪,谁知伊人泪?
泪似珍珠,
颗颗粒粒,飘向远方……

谁驾驭一叶兰舟?
去那天湖之上。
那天湖小舟呀!
载着星星和月亮。

仿佛,春天的心,
芳菲原野,
洋溢着雨露的清香。

谁撑起春之红帆?
去天湖冲浪,
云在翱翔,小鸟在歌唱。

让你捧走那流星的泪,
在天湖之巅流淌。
每一滴泪花,
都是昨夜的情殇……

让我牵着你的手,
重返人间天堂。
让姑苏的柔情之水,
把你周身沐浴,
再造一个美丽娇娘。

啊!天湖小舟,
载着天下之尽美,
航行在梦之故乡。
你在那小舟之上,
今夜,
谁为你扬帆举桨?

2012.9.12. 关山

醉　谁

只为酒的清香,
醉倒秋月几回。
谁为我煮酒?
记否那年青梅,

醉谁?

昨夜悄然睡去,
月儿也醉意痴迷。
那一湖波澜,
在记忆之海颤动,
无边的山峦,
月落乌啼。

再举杯,
知何日?
忆青梅?
醉谁……

2012.9.15. 黄昏

白马惊天剑

那个梦,
曾忆白马王子,
倚天屠龙。
冷冷剑在手,
问天!
天可洞穿。
让流星,从苍穹坠落;
如珍珠,洒在原野江河。

也许! 等到那一天,
珍珠,化作崭新的太阳。
冉冉升起在东方,

红尘滔滔,
瞬间光芒万丈。

天地为之惊悸,
谁? 举剑问上苍!
把天地分为两半,
从此,
天,游向苍茫,
地,沉入汪洋。

是否?
你在天之上漂流,
相伴那流星,
抚摸那月亮;
那月亮羞红了脸,
如你温柔的泪光。

是否?
我如一粒沙土,
沉入汪洋。
不要寻觅!
我是一抹尘埃,
从此消亡。
我不是珍珠,
不会闪亮,
也不能化作太阳。

2012.9.16. 关山

孤　岛

那是一座孤岛，
在烟涛和云水之间逗留。
风，吹皱一湖碧波；
雨，洗涤两岸清荷。

那是一座小小孤岛，
竦立于逝水沧桑之河。
所有的爱恨如烟飘逸，
悄悄走过，
谁怨岁月蹉跎？

那是梦里，
最依恋的小岛，
曾经青鸟殷勤，
水草缠绕。
难舍金秋相逢的美丽，
挥挥手！别离……
何处寻找？

那是生命中，
最珍爱的小岛，
虽然已成孤寂的沟壑。
一叶兰舟，
驶向遥远的他乡；
记忆的红帆，
在岁月的长河，
迎风招摇；
梦里，
依然牵着你的小手，
在芬芳的丛林
呼唤奔跑……

2012.9.19 晨　关山

你是我的性感女神

在夜色温柔中，
听你在远方依稀的笑声。
如蜜一般甜美，
如花一般动人，
那青春的倩影，美轮美奂！
那清澈的双眸，
写满欢娱，洋溢天真！

你是我的性感女神，
从九万里凌霄飘然临近，
飞越了五千年的烟雨红尘。
暮春梨花似雪，
金秋重峦如云。

你的笑颜里，
蕴含着人间的至善至美；
你的笑谈中，
流露出世上的至真至纯。

让你在时光的隧道无尽漫游，
让我在你的欢笑中，
跨过岁月的欢乐之门。

啊！
你是我的性感女神。
今夜，是否来我梦里？
携手天涯，
一起去看月看云……

2012.9.20. 关山

你是为我盛开的
那朵白莲

你是为我盛开的那朵白莲，
飘逸在渺渺水云间。
多梦的季节为我构思美丽的梦境，
宁静的夜晚为我奏响绝妙的锦弦。

你是为我盛开的那朵白莲，
流连在茫茫星河间。
满天星光宛若绽放的蓓蕾，
那月亮也为你羞红了粉脸。

你是为我盛开的那朵白莲，
芬芳在悠悠岁月的浪巅。
那彩云飘飘似你五彩的霓裳，
那鸿雁飞来带着思念的香笺。

啊！
红尘苦短，转眼百年。
身如浮云任沉浮，
好想把你手牵。
今夜，是否梦里相见？
你是为我盛开的那朵白莲……

2012.9.21. 关山

你是我暖的世界

曾经一个美丽的世界，
温暖如春，繁花似锦。
不知从哪里走来，
带着一丝柔情。
望滚滚红尘，
任春风呢喃轻吻。

仿佛似一个梦境，
你悄悄走近，
伸出你纤弱的小手，
让我握紧。
仿佛，握住了全部的世界；
仿佛，把全部的暖吸吮。

那一缕阳光从云海飞来，
把百年情思化作一团云锦。
默默走向彼岸，
岸边，风吹依依杨柳。

把全部的炽热，
献给远岸的清晨。
我的世界，一片翠绿，
一幅春的画屏。

把全部的暖，
送给远方的你。
在黄昏的斜阳里，
听一声轻轻的叹息。

那天上的流星，
瞬间大雨倾盆。
那是流星的眼泪
湿透了满天彩云。

2012.9.24 关山

那一道闪电，
那一颗流星，
难道是你的双眸闪亮？
那动人的笑靥，
飞越九万里红尘，
在梦里，慢慢到来。

这个萧瑟的秋天，
轻轻走在你温柔的目光里，
假如，人世间的所有美丽，
幻若瞬间的风景，
温暖如太阳，
痴恋去蓬莱。

2012.9.25. 关山

你温暖的目光

在晨风中慢慢起来，
独自看秋叶摇摆。
这个桂花飘香季节，
忘却了秋的冷落，
弥漫着悠悠芬芳，
感悟思念情怀。

你的目光，温暖如太阳
霞光万丈，辉映苍穹，
昭昭蒸腾大海。

为你写诗

我要用春天的暖流，
融化墨汁，为你写诗！
那是来自天山的雪，
来自喜马拉雅的冰川，
汇成春天的河，
滔滔向大海。

我要用夏天的灼热，
蒸腾苍穹，为你写诗！
那是来自太阳的光，
来自遥远星河的激情，
燃起心灵的歌，

浩浩满乾坤。

我要用秋天的丹桂，
芳艳原野，为你写诗！
那是来自大地的爱，
来自山峦阡陌的温馨，
饰若金秋的梦，
悠悠去远方。

我要用冬天的雪花，
缤纷红尘，为你写诗！
那是来自苍茫的星，
来自神圣天堂的祝福，
驾驭生命之舟，
盈盈登彼岸。

2012.10.9. 关山

最美的相遇

一只美丽的彩蝶，
款款飞翔在阡陌。
似百变神鹰，
在心海飞越。

忽见云天之上，
一只翱翔的鸿雁，
悄悄飞来。
牵着那冰冷小手，
飞向温暖的南国。

呵！彩蝶，
快随鸿雁南飞。
这里已是，
寒冷如割，秋风萧瑟。
等到明天，
冰霜雨雪，
会把你变成一抹泥土，
一缕白骨。

那彩蝶伴鸿雁，
向南飞翔。
望不断万里红尘，
看不尽温柔夜色。
美丽！如这偶然相遇，
千百年为伴，
为君诉说。

2012.10.19. 关山

舞灵王

你是来自天边的精灵，
超越梦呓，翱翔云海。
手捧千年不萎的花束，
舞动云霓，悄悄到来。

啊！精灵，
为谁倾倒？为谁心悦？
秋风洞庭水，
落霞秦淮月。

我曾在东海与鲲鹏为伴，
翻动扶摇，揽星弄月。
似顽童痴迷，
无人诉说。
曾经的美丽，
弥漫在红尘；
那王者之风，
曾在峰峦徘徊。
天边的云霓，
也为我喝彩！

而我！
却在默默等待，
等待你！
那舞动翅膀的精灵，
早日到来！
何须眷恋？
那虚无的梦魇。
来吧！来吧！
快来到我心怀。

2012.10.19. 关山

铃声的彼岸

一串串铃声，
叫醒梦中的星星。
在秋晨，
雾霁凝若冰，
睁开双眸，

眺望远方的晨曦。

犹如在彼岸，
遥遥相依。
此岸红帆，
远航泛波澜。
千里迢迢，
等待归期。

风生水移，
点点芳心。
听铃声不断响起，
那是彼岸，
深深的呼吸。

快快驶来，
相聚！
在铃声的彼岸。
携手看星星，
把月儿转动，
曼舞霓裳云衣。

2012.10.24. 关山

紫 箫

仿佛千百年守候，
悠悠然，
飘逸在九万里凌霄。
如凌波仙子悄悄降临，

饰若秋夜的梦呓，
红韵多娇。
听一曲，
云衣霓裳舞云天，
千红万紫，玉人吹箫。

那如痴如幻的梦境，
那千回百转的缠绕；
那如诉如泣的颤音，
那追星伴月的飘摇。

多少年餐风食露，
多少夜默默回首；
多少回香笺舞雪，
多少梦魂牵紫箫。

吹一曲江南好！
独枕钱塘望海潮；
吹一曲鹊桥仙！
携手星河情难休；
吹一曲忆秦娥！
峨眉山月半轮秋；
吹一曲满江红！
何时兰舟逍遥游？

啊！
人间仙乐何处有？
汾河秋水说雁丘。
莫言！
世间情事如风，
生死相许万古愁。

遥望！君在江南，
关山万重，千里迢迢。
唯见断肠姑苏月，
夜夜嫦娥吹紫箫。

2012.10.28. 关山

逆 风

迎着秋风前行，
何惧冰冷。
向前走！
阳光依然迷人。
千万里，
忘却了风云红尘。

逆风！自是男儿本色，
莫畏天命转天轮。
放眼望！
亦如当年豪情，
华发更显少年身。
饮一路霜雪，
雪压青松，
瑞雪迎新春。

风一程，雨一程，
望断苍茫万里云。
再回首，
一夜星光。
风依旧，

知否？伊人何处，
等待夜归人。
逆风！
犹在激流自在行。

　　　　　　2012.11.2. 鄂东

有多少秋雨
为你思念

飘去飘来，不能靠近，
仿佛在遥远的天边，
只寄托满天秋雨，
带去思念。
雨雾悠然，渺渺如烟，
望山峦，
摇曳的红叶，
恍若你，婀娜的舞姿，
暖了寒夜。

记否？
那个秋光爽爽的十月，
携手潇湘水云。
湘妃举袂一曲，
舞魅九天。
似秋花芬芳醉人，
熟透娇艳，
纷纷扬扬飞满天。
仿佛，梦幻的金秋，

忘了天上人间。

窗外，依然雨丝霏霏，
淋湿几树枯叶，
有多少秋雨，为你思念。
今宵，谁相伴举杯？
醉了子夜……

　　　　　　2012.11.9. 关山

山之峰　水之湾

生命如一座山，
绵绵延延，千里纵横；
生命似一条河，
弯弯绕绕，万道险滩。

仿佛那只翱翔的鸟儿，
来到生命的山峦。
好想飞上顶峰，
看无限风光，群星璀璨。

仿佛那条漂移的船儿，
航行在生命的河湾。
好想去大海，
听海鸥歌唱，
在蓝天白云下扬帆。

多么美丽的花朵，
绽放在山之峰，水之湾。

那是生命的美丽！
如阳光下的那片锦帆。
好想牵着你的小手，
走遍万水千山；
驾驭星光的翅膀，
漫游在天上人间。

    2012.11.10. 关山

紫丫之歌

从寒冷的冬天走来，
走在春天的原野，
只是一束不惊世的绿叶。
生长在万花丛中，
迎风傲雪。

曾把天山的冰雪融化，
融入不竭的心海之泉，
蕴藏了千万年的美丽情结。
走进暖风拂柳的春天，
唱一首紫丫之恋。

在歌声的温柔里，
漫游五月的花海，
桃红似火，杏花如雪。
在万紫千红中陶醉，
昨夜春风，红衣舞雪。

走不完这个雨季，

宛若漫漫的生命之旅，
扬帆远航。
驶过万水千山，
去大海，
看天蓝水阔，海天一色。
让那快乐的海鸥，
放声歌唱，韵入云巅。
从春花烂漫的清晨，
到丹桂飘香的秋月。

秋花秋月秋满天，
一江月色自沉眠。
明日醒来，
也许！
窗含西岭千秋雪。

可是！
为了那首紫丫之歌，
南天，
也要为你掀开快乐的门帘。
携手前行！
君不见，
门泊东吴万里船。

啊！
千百年等待，
再上兰舟。
向大海！
做客波澜。
望白云飘飘，
看浪花摇曳。

挥挥手!
关山万里,星河飘雪。
2012.12.3. 关山

你是蓝

你是蓝,蓝如天,
漫天彩云飞舞。
风萧萧,送我!
去彩云之上,
把你追寻。
似流星,
追随那红红的月亮。

你是蓝,蓝如大海,
浪涛连接天幕。
海鸥飞处,梦你!
在海天之间,
伴海鸥飞翔。
掠水三千里,
回望叹苍茫。

你是蓝,蓝如星,
天穹闪烁。
今夜星光灿烂,
满眼辉煌。
牵着你的手,
摘一颗星星,
戴在你云鬟凤冠之上,

饰若明天的新娘……
2012.12.10. 关山

雪花信笺

柔柔的雪花,飘洒江天,
一帘红雪,两点泪光,
湿了玫瑰信笺。
让鸿雁把温馨的话带走,
可是,已不见雁儿去了哪边。

把天山的雪,悄悄采撷,
饰若圣诞老人慈祥的脸。
那冰冷的祈祷,
暖了谁的心田?
推开窗户,
望不到流星的双眸。

让满天雪花,
簇拥玫瑰信笺。
仿佛万丈霞光,
闪烁在彼岸花园。
曾经的泪,早已流干;
曾经的梦,也化作云烟。

多少柔情,多少泪光;
多少香艳词,飘落水云间。
举杯不言再见!
是谁?玉手招摇,

送来雪花信笺。

2012.12.26. 关山

舞王紫丫

在茫茫星河，
谁在伴月起舞？
那舞王的风姿，
醉了红尘紫丫。
飞去飞来，
如雪花漂移江浦。

曾经舞动九万里风云，
把五千年的故事诉述。
流星的眼泪，
化作满天花雨；
那弯弯的月儿，
把紫丫轻轻爱抚。

飘落红尘，
皆为苍生之苦。
等待那悠悠雪花，
送来一片柔情，
今夜，与谁共舞……

2012.12.28. 关山

雪花为谁送寒衣

关山的雪，
在午夜飘逸，
轻轻走来，
如鹅毛踏波掠尘。
没有月光，
也看不到彤云。

也许，
寒流已经弥漫，
把天山的雪送往关山。
仿佛上苍的丝丝白发，
悠然唤醒还在沉睡的人们。

把那久闭的窗户打开吧！
让雪花飘进暖柔柔的大门。
也许，
这是上苍送来的祝福，
——来自天国的福音。

呵！
雪花为谁送寒衣？
快快醒来，
与雪花共舞，
迎接新年的春之声。

2012.12.29. 关山

第四章　心岸

风在旷野漂泊

冷风，冷树，
冷冷的旷野。
行人渐渐远去，
连雁儿，
也没有了踪影痕迹。
风在旷野漂泊，
孤独前行，
去追寻春天的信息。

恍惚，在异国他乡，
陌生的脸，陌生的眼，
陌生的眉……
何时与君相逢？
黄鹤楼上，
望孤帆远影，
去江南，
莺飞草长的五月。

在冰冷中漫步，
在晨雾里悚立。
不见一丝阳光，
风在旷野漂泊。
谁与我为伴？
去把春天寻觅。

2013.1.6. 关山

舞王从草原来

舞王从草原来，
仿佛是来自苍天的鹰。
翱翔千万里，
扶摇浩浩云海。
为阳光祈祷，
为大地添彩。

舞王从草原来，
仿佛是来自北方的狼。
向往生灵的美丽，
来到茫茫人海。
因繁华倾倒，
把野性掩埋。

舞王从草原来，
仿佛是来自河汉的星。
欣赏人间的风景，
飘逸渺渺大海。
听浪花歌唱，
望海鸥喝彩。

啊！
舞王从草原来，
带来绿色的爱。
那是滔滔心泉奔涌，
载着梦之兰舟，

陶醉无边花海。

2013.1.7. 关山

红太阳的吻

在浩渺雾霭中破晓，
冉冉升起在东方。
遥远，只看到一丝光亮；
亲近，如婴儿绯红的脸，
伸手可以抚摸。

越过宽阔的地平线，
从此升起了新的希望。
心如雄鹰飞向无边苍茫，
去迎接红太阳的吻，
吸吮智慧和能量。

渐渐地，
升入高高的天空。
宛若明镜，
照耀山峦、江湖、云朵。
仿佛是慈祥的母亲，
亲吻芸芸众生，
温暖你和我。

呵！
快去迎接红太阳的吻，
让阳光呼唤你起床；
让我牵着你的小手，

在阳光比翼翱翔。

2013.1.9. 关山

谁言天下

一线阳光，
在隆冬季节。
风如刀，阳光凛冽；
吹散了，满天星斗；
仅剩下浮云，
西去周天寒彻。

独自楼台遥望，
看不到花谢花飞，
几多春秋景色。

谁言天下？
众生芸芸似尘土；
被风吹走，
不知去往天南地北。

啊！
谁在呼唤骄阳？
再回春天的阡陌。
假如，
你在阳光的彼岸，
放声一笑，
唤醒天下春色。

2013.1.13. 关山

白狐的宝箱

那是一只沉睡的宝箱，
珍藏着人间所有的美丽。
仿佛春天到来时芬芳的花朵，
飘逸在风中令人陶醉。

那是白狐深深的记忆，
悠悠流过许多忘却的相会。
仿佛一个天真的小女孩，
在五月温柔的阳光下，
折下一朵红红的玫瑰。

那白狐宛若天上的彩云，
遥遥相望却远隔千山万水。
此生的风景犹如这久闭的宝箱，
真的不能打开？
看不到那旷世无双的芳菲。

呵！从来不曾相遇，
甚至不能一睹凝露的花蕊。
那沉睡的宝箱，
何时醒来？
也许，我早已别离。
那飘飘白狐，
再入梦时，
也许，我却永恒入睡。

2013.1.15 凌晨　关山

小　树

一棵小树，
竦立风中，
任凭寒冷刺骨。
雨洗愈坚强，
冰霜不屈服。
坚定信念：
走过寒冬，
前面就是幸福。

纵然寒夜漫长，
流星在黑暗中痛哭；
渺渺星河没有尽头，
天涯何处把你的小手紧握。

在黎明的微光中，
依稀可见，
那棵小树，
迎着风向东方祝福。
偶闻鸟儿陌生的呼唤，
是否？把春天的音讯，
送到寂静的小屋。

当黎明嫩嫩的阳光临近，
伸出双臂，
为太阳欢呼。
呵！小树，

召唤阳光，
照亮了彼岸春坞。

    2013.1.16. 关山

阳光照亮小屋

在树丛中，
在鸟儿的欢笑里，
静静屹立。
任寒风吹，
任冷雨洗涤。
那安谧的小屋，
不让时光留下任何痕迹。

从盛夏走到晚秋，
热风，让屋檐干枯；
从寒冬走向春天，
冰雪，融化在阳光下；
远方的河，
春水滔滔向东流。

听鸟儿轻轻鸣唱，
仿佛是春天到来时的欢呼。
问君？
何时回到寂静的小屋。

    2013.1.18. 关山

纤 纤

若一双美丽的小手，
纤纤！
牵来岁月无限的风光。
太阳燃烧灼热的火焰，
月亮伸出弯弯的绿桨。

若一双明皓的眼睛，
纤纤！
牵引世人崇尚的神光。
潇湘斑竹泪流千古传说，
天山雪花化作温柔云朵。

若一双相依相恋的佳人，
纤纤！
牵手在滚滚红尘时光。
无论时空轮回多么苍茫，
无论星斗转换多么荒凉。
只要天不塌陷，
地不毁亡。
纤纤！
若那梦之兰舟，
高挂红帆，
向浩浩星海远航。

    2013.1.26

山村随想

那是一个小小山村,
在群峰和碧水边。
风吹青波,雾卷轻云,
小小山村,
仿佛升入云之巅。

已找不到小小牧童,
已听不见旧时牧笛;
儿时伙伴,
不知何处寻觅。

依稀可见,
一座座山,
可曾熟悉,
又如此陌生。

忽忆起曾经放牧的老牛,
不知它何处栖身。
也许,它早已在天堂,
听牧童一曲;
阳光!总带来无限祝福。

2013.2.11. 太和

端　庄

独自端坐,
在书桌前。
沉寂的书桌,
相伴多少年时光,
直到我成为一堆枯骨。
这书桌,
在空空的陋室,
依然端庄。
谁知晓,
曾经的岁月,
如烟雨渺茫。

青青草坪,
端坐读书。
在这清新的晨风中,
少年红装。

真想!回归过去,
那风华正茂的美丽时光。
在阳光下笑谈,
在月色中徜徉。
春风秋雨,
把多少青春变为沧桑。

至今回望,
依然端庄。
那白发如雪,

那柳岸飘香。
遥望南来的鸿雁,
飞过雨季的河流,
那清澈的河水,
依然轻轻流淌。

2013.3.12. 关山

河　岸

河岸,已是草儿青青,
垂柳,秀发飘飘,
伸着长长绿袖;
水波横流,拍打堤岸。

那年,从河岸悄悄走过,
也许,你还是个天真的小小;
也许,你对我回眸一笑……

又过河岸,
独自向前走。
也许,你不再是那个小小;
也许,天上的那颗流星,
曾经在梦里晶莹剔透。

又过河岸,
寻觅那个不曾相识的小小;
河水悠悠,
把岁月带走;
绿柳依依,

迎来又一个拂晓。

2013.3.20. 关山

影　子

从第一次睁开眼睛,
呆呆地看着这个陌生世界。
你就一直相伴,
不弃不离。
不知道你是谁?
啊!影子……
直到我满头白发,
最终化作一堆白骨,
葬在荒野岸堤。
你依然朝暮相随。
啊!影子……

这是一个孤独世界,
一个人看日出,
一个人望暮霁,
一个人数星星;
安知!哪颗是我?
总有一天,
会化作流星,
消失在苍茫,
从此不再回。
谁?还会想我……
啊!影子,
只在你!

才是我的唯一，
一生一世，
永远不分离。

2013.2.1. 关山

你是那天边
最美的云彩

你是那天边最美的云彩，
踏碎流光飘逸飞来。
凌波仙子举袂眺望，
清澈的湖水浪叠楼台。

你是那天边最美的云彩，
身披锦绣春韵满怀。
月中嫦娥凝神谛听，
峻峭的峰峦波溢星海。

你是那天边最美的云彩，
倘佯苍茫共流星徘徊。
好想你回到暖暖红尘，
召唤人世间百花盛开。

你是那天边最美的云彩，
轻洒朝露扫尽阴霾。
夏荷冬雪为你歌唱，
春风秋雨任凭你剪裁。

2013.3.24. 关山

倚云听风

曾幻想，
驾驭彩云的翅膀，
去九天之上，
听风歌唱。
月儿弹起动人的弦，
星星把断肠的舞步回想。

仿佛那天真的孩提，
在四月的花海倘佯。
杏花艳如雪，
桃花吐芬芳。
那南回的雁，
把远方的星点亮。

假如，
那翅膀化作五彩云霓，
风儿奏起牧童的笙歌。
假如，
那清澈的流水，
荡起轻盈的双桨。
谁把雨季的红帆，
飘向无边星河。

2013.4.3. 关山

飞往你的城市

乘上天空的云朵，
驾五色霞霁，
飞往你的城市。
向往！人生何处不相逢；
而今，正值春花烂漫时。

多少回，梦里偶见；
闪烁！如流星，
缠绕那个红月亮，
燃烧着情痴。

那是个美丽的城市，
至少！在梦里，
和你携手漫步。
柔柔灯影下，
夜色如画，姗姗来迟。

可否？
在这个静谧的夜晚，
皎月弯弯，
宛若摇桨的船儿。
在城市的渡口，
在杨柳低垂的岸，
你等待我到来！
煮一壶青酒，
酣醉几多相思。

2013.4.23. 关山

有你的天空

有你的天空，
其实很美丽。
当白云缠绕海鸥，
那霞光沐浴海水。
我真想化作一朵浪花，
相伴海的女儿歌唱，
永远流连在万顷碧波里。

有你的天空，
其实很丰腴。
当月光徘徊旷野，
那星星在苍茫相聚。
我真想化作一颗流星，
燃烧长长的光焰，
永远闪烁在你的梦境里。

2013.4.26. 关山

你是童话的公主

那个童话，
以无限的崇高和美丽，
唤醒我三生的青春之梦。
星星为之闪烁，
白云为之心动。

你是童话的公主，
从一个陌生的世界走来，
来到五彩缤纷的春色中。
无数的鲜花为你绽放，
无数的眼睛因你迷蒙。

你带来了天上人间的风景，
宛若西湖仙子，
把断桥残雪，
化作温柔的春风。
吹绿江南的岸柳，
撩开海的女儿的美丽姿容。

你不在人间，
只在九天之上；
你不在红尘，
只在童话的世界中。
你挥动衣袖，
汇集了普天下所有的恋梦。

2013.5.6. 关山

童话王子

那是稀世的童话，
一代一代流传。
谁是童话中的王子？
身披五彩云霓，
从遥远的苍穹，
欣然归航。

那是你吗？
童话中的王子！
曾经在九天之上，
与星星相随，
伴嫦娥歌唱。
每当流星雨的夜晚，
我举头遥望，
你那流淌的泪光。

是否？你也孤独，
仿佛那颗流星，
在星河流浪。
假如，
你不再向往自由，
就回到滚滚红尘，
让我牵着你的手，
去海边，
望海鸥飞翔。

那是你吗？
童话中的王子！
曾经在浩渺的汪洋，
与鳌鱼为伴，
漫游四方。
每当暴风雨到来，
我伫立楼台，
聆听你心灵的情殇。

是否？你也寂寞，
仿佛那浪花，
在万顷波涛中彷徨。

假如，
你又向往温柔，
就回到我的身旁，
让我牵着你的手，
去湖畔，
看那个红月亮。

    2013.5.10. 晨

燃　烧

如一团火，
熊熊燃烧。
在初夏的天空中，
在白云和旷野之间。
灼热的太阳，
放纵着看不见的硝烟。

那来来往往的人们，
仿佛忘却了太阳的光焰，
穿行在车流和人流之间。
安知为谁？
汗水洗涤容颜。

让那天上的云彩，
也尽情燃烧吧！
也许，
可以换来新的艳阳天。
假如，
太阳燃尽了最后的光焰。

你和我！
往何处寻找生命之源？

    2013.5.13. 关山

一丝光芒照耀

从遥远的天边，
悄然飞越。
穿过厚重的窗口，
跳入我眼帘。
一丝光芒照耀，
点燃生命的烛。

曾经，五千年风雨，
洗涤了旷野阡陌。
那一束芬芳的玫瑰，
在雨后的彩虹中，
欣然盛开……

曾经，九万里红尘，
沉醉童话的节拍。
那午夜的星空，
挂着半轮弯月。
谁在寂静的孤楼，
寻觅梦的传说……

夜已远去，晓风吹拂，
太阳升起在滔滔大海。
一丝光芒照耀，

温暖着心魄。
期待！那雨夜红帆，
漂流在雨季的河流，
载着如花美丽的笑颜，
向我驶来……

2013.5.14. 关山

你的天空
还在下雨吗

曾经的美丽，
如天空绚丽的云朵。
风吹弦动，
把温馨的歌儿弹唱。

那阳光如花儿一般慈祥，
照亮你也照耀我。
渴望携手天涯的日子，
那快乐的鸟儿也相伴翱翔。

倏忽，
那美丽的阳光坠落星河，
云朵也变成了冰冷的黑网。
那风声夹着雨点，
扫尽旧时风光。
弯弯的小河，
泛滥着浊浪泥浆。

你的天空还在下雨吗？
我的世界已找不到阳光。
那淅沥的雨点，
仿佛是忧伤的泪，
流星雨的夜晚，
是否？你还会倚栏眺望……

2013.5.18. 关山

黎明是
风中的传说

一缕粉嫩的朝霞，
冉冉升起在地平线。
海水摇动波澜，
海鸥翱翔彩云间。
那清幽的晨风，
轻吻美丽的大海和蓝天。

啊！又一个黎明，
在风中，
犹如那传说的红凌艳。
仿佛，三月春花，
绽放在芳菲的原野，
彩蝶点点在花海流连。

好一个漫漫长夜，
恍惚一梦千年。
倘若，梦中有你！

那就不要苏醒,
手拉手,去彼岸,
那里自有蓬莱仙山。

可是,
黎明却已到来,
灿烂的阳光,
掀开了窗帘。
假如,
黎明是风中的传说。
我愿!
乘着海鸥的翅膀,
飞到你面前,
带着你!
还有海的女儿,
一起去拜访安徒生……

2013.5.19. 关山

童话的春天
(诗五首)

一、记忆的孩提时光

在江畔的花丛中,
描绘一幅孩提的孟浪。
那记忆的时光,
如昨天,星星闪亮。
恰似一江春水,
浩浩然奔向大海,

直到锦帆招摇离岸,
地老天荒。

还没有遇见,
孩提的你!
好一个天真的小姑娘,
那头戴花环的小小,
也许,正是在那个清晨,
悄悄唱起牧童的歌。

遥望大海,帆影片片,
问你何处启航?
可否?让我们荡起双桨,
迎着一轮崭新的太阳,
向海鸥飞去,万里碧波。

记忆的你!似曾相识。
当夕阳西下,
几只小蝴蝶,款款飞过。
好美丽的孩提时光!
就像那燃烧的夕阳,
照耀漫漫长夜,
迎接清晨第一缕曙光。
晓风中,我看到你!
面对大海歌唱……

二、那片云朵也曾相识

从崎岖的小路,独自走来,
没有人相伴。
只有天边的云朵,
跟随着你,

一步一步前行。
谁知那彩云的向往，
就是你的向往。

那彩云，
曾在大海的波涛中滋生，
在风雨雷电中成长，
飞越天涯，飞渡星河。
幻想有一天，
我乘着五彩兰舟驶近，
牵着你的手，
漫游在九天之上。

在落日流光的黄昏，
你依然独步残阳。
看天边那彩云，
仿佛是一团燃烧的火。

你可曾想过？
在遥远的他乡，
我正伫立高楼，
眺望苍茫……
风吹云动，小鸟在歌唱。

呵！云朵也曾思念，
在南方的岸，
陌生的你，可曾想过我？

三、百合温馨之心语

在世人不见的山涧，
在悬崖，乱石堆。

风，一天天吹拂，
雨，一天天冲洗。
在冷雨热风中，
盛开一朵白色的花蕊。
啊！那是百合的芬芳，
飘逸在旷世的峰峦绝壁。

百合的春天，如此美丽！
远隔千山万水，
心却油然陶醉。
连那天边的彩云，
也把月光的泪，
饰成春天新娘的盛装，
凌驾雾霁。

百合的果实，润人心扉！
在秋天，在红叶摇曳中，
深藏于沃土，
聚集着春花秋月的精髓。
那美如玉的身姿，
贻笑红尘！
宛若珍珠出浴，
为君痴迷。

啊！在秋光如许的子夜，
在皓月的宁静中。
聆听百合温馨之心语，
犹似美酒千杯，
从此不醉不回。

四、谁把童话传奇

记否？那夏日的夜，
萤火虫点燃了满天繁星。
那群小伙伴，
围在草垛边，举头遥望。
偶尔一颗流星划过，
谁睁大痴迷的眼？
凝视苍天。

也许，那是个童话，
有牛郎织女的传奇，
尽管世人不再感觉新鲜。
当繁星汇集在鹊桥，
漫漫河汉，你可曾想过？
把我手牵！

谁把童话当作传奇？
是你！还是我！
可是，
那年你还是个天真的小小。
只知道萤火虫闪亮，
却不知道哪里是天。

那就让你把童话当作传奇吧！
谁说天没有尽头海没有边。
等到星河琼花绽放时，
我牵着你的手，
去看那蓝蓝的天……

五、在春天的童话里

曾经千百次寻找，
寻找那孩提的童话；
曾经千百次呼唤，
呼唤那生命的春天。

曾在春天里，
放牛的牧童，吹一曲竹笛，
声音穿越原野，
阳光照亮了温柔的天。

曾在童话里，
读书的少年，写一首小诗，
诗韵绕过山峦，
快乐洋溢着天真的脸。

呵！在我的春天里，
在你的童话里。
总会春来芳菲满江天，
风吹柳絮，共波澜，
笑谈彩云间。

呵！在你的春天里，
在我的童话里。
自有一江春水释冰川，
水载画船，击中流，
携手一万年。

好一幅春天的画！
好一个童话的春天……

问何时？你扬帆远游，
去彼岸，与我同航！
2013.5.20. 关山

望　　柳

站在高高的山峦，
远眺！那湖畔，
依依垂柳，
是否？依然随风飘摇。
风依旧，湖水寂寞，
鱼儿随波澜沉浮。

曾经，多少年，
走在柳岸。
听波涛汹涌，
轻扶栏杆。
把明月的传说，
挂在柳梢。

可是，却要离岸远走，
从此再不回头。
那岸柳，
是否还在等待？
清晨晓风吹拂，
黄昏日落西楼。

而今，独自天涯，
寻觅梦之兰舟。

望柳，
犹如千里迢迢。
风萧萧，
送孤帆远游。
2013.5.31. 关山

雨的那边

从苍茫，
潇潇走近，
晨风凉爽，
晓光似雾，
冷雨依稀沉闷。

那年，
独自风雨湖畔，
望孤帆远影。
雨雾牵成丝丝线，
迷惘的眼，
遥望远方的岸。

那个雨季，
听浪花歌唱。
好想去大海，
看帆看云。
也许！
海鸥会送来，
红衣舞雪的神韵。

又听雨清晨,
远去的帆,
犹恐风雨沉沦。
雨的那边,
你是否已整装起身?
向着太阳的彼岸,
奋然前行!
等待你!
哪怕亘古不变的光阴。

2013.6.1. 关山

柳　丝

在三月的春风中,
剪成细丝,
千条万条。
剪不断,无尽春潮。

在夏日的灼热中,
垂下绿荫,
鸟鸣蝉翼。
诉不完,波澜妖娆。

多少夜色阑珊,
多少星光袅袅。
让那柳丝,
飘逸无限春色。
风云动,
吹落流星雨,

在天之尽头。

2013.6.3. 关山

等待风华

一个少年,
从静静的村庄,
走向都市的喧哗。
一棵小树,
从嫩嫩的绿枝,
生长成强杆纵横。
一朵玫瑰,
从柔柔的芳蕊,
盛开温馨的奇葩。

啊!太阳升起来了,
万里晴空闪烁光环。
世间所有的生灵,
翘首以待,
等待风华!

呵!在夏日的清晨,
在淡淡的绿荫丛林,
在雨季弯弯的小河,
默默驶来一叶红帆,
心中的玫瑰,
正在悄悄发芽……

2013.6.4. 关山

那森林里
小树在眺望

一片翠绿的森林，
小鸟迎风飞翔。
当白云缠绕峰峦，
流水泛碧波。
林蛙在水底潜游，
落花在小河流淌。

风吹来，云飘过，
那森林里，小树在眺望。
林荫深处，浮云蔽日，
没有一丝光亮。
何时？长成参天大树，
屹立山之巅。
遥听大海澎湃的涛声，
海鸥在歌唱。

呵！小树，
快快成长。
总有一天，
你会高耸在彩云之上。

2013.6.6. 关山

人生是
没有尽头的考试

记得那年高考，
还是个无忧的少年。
仅只两三天的潜心答卷，
编织了人生最美丽的花环。
从此，告别了乡村荒野，
飞翔在无垠的蓝天。

仿佛一个梦的演变，
满天繁星，
饰若五彩缤纷的春天。
闪烁光芒，
快乐漫游茫茫人间。
看万丈红尘，
弹唱动人的管弦。

走了一川又一川，
过了一年又一年。
生命如大海，
浩浩荡荡无边缘。
只要牵着你的手，
缓缓向前。
哪怕每天一场考试，
也要谱写生命的壮丽诗篇。

2013.6.7. 关山

在你梦的世界

在你梦的世界，
慢慢向前走；
在你梦的世界，
一切都美好。

当一树杏花艳如雪，
当满山红叶燃似火；
当一湖青莲又结子，
当窗外冰凌润芳草……

在你梦的世界，
慢慢向前走；
前面纵然有千山万壑，
有剑雪风刀……
不要回头！
向前走，
一切都美好。

在你梦的世界，
慢慢向前走；
忘却过去，
两岸柳絮，
一湖碧涛。
让碧涛悠悠，
送你去彼岸！
踏遍青山，

把幸福寻找。

2013.6.24. 关山

时光如诗

谁说时光
就像一首一首的诗
把她们串起来
挂在天空
挂在林梢，
仿佛天上的那一颗颗星星
闪烁光芒
燃烧激情

也许
在很久很久以前
我应该出版我的诗歌
让朋友们
欣赏　吟唱　咒骂
可是
就像在黑夜里沉睡
我的诗歌
伴随着漫漫长夜
不愿苏醒

等到黎明到来
许多的朋友
再也读不到我的诗歌
他们像那黑夜的流星

怆然离别了这个世界
连最后的再见也没聆听

可是
我不会让他们失望
总有一天
我会在他们坟前
把我的诗歌焚烧
让他们朗诵　兴奋　开心
从另一个世界苏醒
来把我拥抱
为我煽情

彼岸同航
2013.6.24 下午　关山

心　岸

谁在彼岸等我
划着心海之舟向前
彼岸的阳光何等灿烂
五彩缤纷岁岁年年

等待我
划入你心海
风雨如晦
不能阻挡我们携手向前
彼岸红帆
去往星河自由航行
快乐相伴我们追梦百年

心岸之舟
不能在此滩搁浅
任凭泥沙乱石涌来
乘一泓波澜浩浩云天

心岸
是你相伴的笑颜
是暖暖的艳阳天

2013.6.26. 关山

热感动

总把一腔激情赋予
热在盛夏
江城
火一般燃烧热浪
热！挥洒一身汗雨
传递热情的希望

感动！来自远古
冰河时代的冷风
凝结千年冰川
珠穆朗玛横空出世
凌虚直上
假如，没有灼热阳光
天地，依然在冰封中冷藏

感动！来自大洋
跨越东西南北之洲

多么漫长的路程
鸟儿也飞不过惊涛骇浪
假如，没有灼热阳光
星星，永远不能闪亮

为热感动！
蒸腾五湖四海之水
制造又一个红艳艳的太阳
那划过苍茫的流星
也贡献了瞬间的能量
　　　　　　2013.7.3. 关山

雨雾之晨

雨连天穹云朵
雾满山峦
树在雨雾中沉睡
睁开双眼，
不见鸟儿飞来
依然满山雾霁

仿佛
山连着天
天连着海
看苍茫大地
云涌风驰
路转峰回

侧耳聆听

一声雄鸡报晓
迎一轮初升红日
霞光如电奔来
照亮你的脸
我的眉
　　　　　　2013.7.7 晨　鸡公山

嫣　然

一个淡淡的小山村
一条弯弯的小溪河
一个天真短发丫丫
一群浪漫的放牛郎

在那个传说的春天
你是春天的美丽新娘
在那个春天的梦里
你从眼前轻盈走过
嫣然一笑
叫人思念断肠

过了一春又一秋
翻越一座座山一道道梁
走过小桥流水
依然眷恋那条弯弯的小河

那个天真短发丫丫
转眼成为新嫁娘
那秀发飘飘

如瀑布般动人
似春梦般悠长

好想！
再看你嫣然一笑
明天
可否成为我的新娘
2013.7.13. 关山

踏着雨季的波澜
进入春天的河

让红帆载着你和我
一路激流前行
滔滔向东方
驰骋无边大海
听海鸥歌唱
2013.8.2 晨

好想为你下雨

远方的帆
渐渐淹没在渺渺烟波
乘着一缕薄雾
悄然升入星河
风吹彩云　云海茫茫

好酷热的暑夏
没有一丝雨点飘落
万里长空
燃烧太阳的光芒
飞翔的鸟儿
在林荫深处躲藏

好想为你下雨
让悠悠的雨雾
送去清凉
把流星的帆
给你！

飞花似梦

霜冷长河　已成昨夜
醒来却是阳光灿烂
享受一个明媚晚秋
落叶如潮　飞花似梦

那漫天飘舞　不是雪花
望峰峦之上　红叶涌动
谁爱这凄迷的黄昏晚景
等到寒夜来临
星河转轮
送你一个动人的夜梦
2013.11.5. 关山

梦见雪花

又到了寒冬
云低垂　天欲雪
琼楼入云端
眺望　远方一片海
雾霭凛冽

昨夜又梦雪花舞
红衣飘来风未歇
独自倚栏
望红尘万里
关山阻隔

梦见雪花
宛如春来早
星光漫游寒夜
踏雪寻梅
为谁采撷
千朵万朵迷乱眼
独取一枝
与君长相忆
谁解此情结

2013.11.14. 关山

为树感怀

一棵小树
屹立屋檐下
一年又一年
风吹雨打
伸正腰身
坚定头颅
仿佛神圣的古塔

远处
传来古塔的钟声
恍惚　从遥遥苍穹
穿越渺渺时空
依然潇洒

小树
聆听那熟悉的钟声
宛如阳光送来的祝福
小鸟　正围绕着它

一缕阳光
从云海飞来
把千年情怀
沐浴空阔庭园
呵！已是冬天
阳光依旧生机盎然

2013.11.19. 关山

忘 却

当那片云朵离开星河
当一叶红帆驶往远方
当那树绿叶凋零枝头
当一颗流星坠落苍茫

忘了吧！
恍惚星夜一场梦
梦中的叶
梦中的花
梦中那雨季的河
一切随流水远去
桃花春水渺渺
空叹岁月蹉跎

抬头
望一轮红日
日正当午
等待遍地雪花
漫天骄阳
听鸟儿再唱一首
春之歌

    2013.12.2. 关山

流浪的太阳

从遥远的太古
走向苍茫的前方
没有诞生的摇篮
找不到梦的故乡
唯一的所有
只是灼热的身躯
为世界燃烧
无穷的能量

不知走过了多少岁月
你依然寂寞流浪
那弯残缺的冷月
总不能与你同时闪亮

寻寻觅觅在无边苍茫
期待着有一颗星星
与你为伴
可是
这是一个孤独的世界
容不得两个燃烧的太阳

呵！你依然寂寞流浪
没有明天　没有彼岸
假如　你能等待
我升起的那一天
我将陪伴你

巡游在无边星河
闪烁生命辉煌
2013.12.11. 关山

桂　树

桂树　在寒风中
没有了芬芳的姿容
依然伫立
绿荫如盖　风情不减

好冷的冬季
寒云凝结　漫天雪花
卖火柴的小女孩
来到你的脚下
划一根火柴
温暖你的芳颜

等到明年　秋高气爽
你满心芳香
如美丽的秋神
可否记得？
那个卖火柴的小女孩
在孤独的日子
曾经和你温馨对话
2013.12.12. 关山

极　限

半天的雨
恍惚推向生灵的极限
风嗖嗖吹
落叶凄然飘下

远方
已看不到熟悉的峰峦
孩提的牧笛
已化作老翁步履蹒跚
那菁菁田园
早已变成尘堆的荒滩

梦里寻觅
那顿淡淡的晚餐
当一杯浊酒举起
明天
可否回到彼岸的青山
2013.12.16. 关山

思雨的季节

酷冷和阳光
占领了所有的空间
冷若冰霜

却不见悠悠飞雪

阳光灿烂

却又寒风凛冽

梦里

凋零的花　残破的月

也许

这是一个思雨的季节

当漫天云彩

化作雨点飘落

一泓碧波

涌动春的绿叶

假如　一夜瑞雪

迎来梅花绽放

寻梅的快乐

伴晶莹花雨

汇入春天的河

欣然东流去

滔滔不绝……

2013.12.30. 关山

第五章　追赶太阳

把你的笑
写在春天里

又是山花烂漫的季节
暖暖的风
吹醒沉睡的梦
远方的山峦
恍若星河之舟
穿越在苍茫时空

鸟儿在蓝天飞翔
南归的雁
带回你的笑容
昨夜又忆
花海相逢
南国月儿圆
潇湘水云浓
挥一挥手
心在等待
花海重逢

把你的笑写在春天里
独自走在旷野
看不尽万紫千红

今夜
乘上那月儿弯弯的船

驶向你的岸
寻觅雨季的彩虹

是否？
你在岸上等待
如花绽放
心海潮动

2014.3.13. 关山

穿越流星的
美丽梦境

穿越流星的美丽梦境
在阳光灿烂的清晨
晓风吹动彩云飘逸
凤凰飞往天堂之门

走过原野走过山峦
飞上凌霄超脱红尘
纵然万物无穷无尽
一缕阳光温暖世人

为如歌岁月浅吟轻唱
晴空暖日又看大雨倾盆
穿越流星的美丽梦境
一点梅花笑迎满眼芳尘

2014.6.15. 关山

吹断的雨丝

春风温馨
却吹断飘柔的雨丝
仿佛天地之牵挂
从此两不知

旧时风雨
曾泛起湖畔杨柳枝
那远去的红帆
飘落晚霞日影迟

潇湘夜雨
已隐去半弯皎月
斑竹无泪
在风中摇曳淡姿

忘却了
云水苍茫携手望
云海深处
依然吹响玉笛几支

雨丝　雨丝
从此断了红尘相思

2014.4.20. 晨

风中的男神

走在风中
走入苍穹
宛若风中的男神
来也匆匆
去也匆匆

走过九万里红尘
飞越十亿年时空
遥望天上的流星
闪烁一瞬的光焰
燃烧生命的彩虹

走在风中
走进梦中
凝视翱翔的鲲鹏
千山万水难留恋
独自天涯任从容

呵！假如
风中的男神
飞过你的天空
是否？回眸一笑
浩渺星河春色浓

2014.3.10. 关山

怀　念

今天
是怀念的日子
遍地纸钱
几处紫烟
荒冢凝露若泪噎
怀念！先祖故亲
已仙游极乐
何时追忆
秋风落叶
黄泉难觅人间月

已别多年
父母慈祥如昨天
多少叮咛
多少嘱托
离去红尘
从此诀别
今生不能再相见

怀念！
如这满天的云朵
随风飘逸
不知何时
再叩尊容
把许多年的心事诉说
2014.8.10（农历 7 月 15）

会飞的鱼

一潭静谧的碧水
困顿了翱翔的翅膀
等待烈日蒸腾
蓝天无垠白云如我

从那静水中跃起
哪怕飞入灼热的烈火
只要能闪耀生命之光
钟情焚烧的飞蛾

无情岁月何处寻觅
那条会飞的鱼
只因那个梦呓
星星黯然坠落苍茫
2014.10.10. 关山

及时雨

潇潇一夜别苍茫
疑似仙子巡大江
悠悠春雨
宛若及时雨
滋润心海
几多沧桑

时年不相识
独自漂泊异乡
人世茫茫无尽头
感时花溅泪
别夜叹潇湘

南方的雨
北国的雪
晚秋的霜
昨夜杏花雨
满心及时雨
悠悠悄然赏星光
清晨梦醒
听鸟轻唱
相逢犹如一首歌

    2014.4.17. 关山

紧握的纤索

紧握的纤索
乍然松开
随风吹散
漫天云彩
只有那颗流星
依然在苍茫徘徊

五千年的岁月
谁在静静等待
岸边垂柳

柔柔的花絮
在湖面漂泊
看潮起潮落
任花谢花开

梦中的红帆
流浪在渺渺星海
不知何时归来
只有那不屈的波澜
轻轻拍打柳岸亭台

多少回　伫立亭台
扶栏寂寞
来去匆匆的流云
仿佛颤动的纤索
让我握住此岸的拉纤
不知
你是否在彼岸等待

时光似流莺
等不及黎明把双眼睁开
当沐浴东方彩霞
迎来一个红彤彤的世界
渴望南飞的鸿雁
从云霄归来
带来远方那永恒的爱
紧握的纤索
红衣舞雪
此岸彼岸　永不分开

    2014.2.12 下午

静　止

如那一湖碧水
波澜不惊
虽有杨柳拂面
白鹭飞腾
依然心如止水
静若白云

谁言生命如花
绽放春天
凋落秋晨
那生如夏花的美丽
曾经多么动人

而今
却似凝结的冰凌
高悬于雪山之巅
任凭风吹雪压
不染红尘

静止！
如这寂寞的清晨
月已归真
星亦西沉
只有悄然而至的秋风
送来遥远的梵音
仿佛

那是人间最美妙的回声

2014.8.24. 关山

枯柳词

虽然　翠绿一片
恍若春风中的童话
可是
这里已进入晚秋
日渐凄凉
萧瑟夜雨
将凝结冷冷的冰凌
风雨寒江
乍然霜冷长河

在晚风中
依然动人
只为最后的美丽
留给波澜
迷人的身影
宛若　依依湖畔
一枝清荷

也许
在晨曦临近时
绿叶纷纷凋落
寻寻觅觅
再也不能重生
斯人地狱

斯人天堂

心海　波涌涛头
沸腾日出时一缕光芒
让那枯柳
化作一片红叶
仿佛　天空中
飞去飞来的彩蝶
在记忆的天空珍藏
2014.9.26. 关山

苦　旅

万水千山的旅程
不知疲惫
看过一道风景
又想起上帝的洗礼
当婴儿睁开双眼
这世界好痴迷
第一声啼哭
把红尘之梦敲碎

只望见红绸的襁褓
陌生的面孔
甜蜜的小嘴
当一天一天长大
从此开始了无尽头的苦旅

风吹动窗帘
外面的风景
深邃不见底
那遥远的星星
是否想来窗外闲聊
无垠的星空
安知谁与相随

当白雪飘飘的寒夜来临
独自琼楼
剪不断紊乱的思绪
鸡鸣报晓时
你可伴我踏雪寻梅

呵！那一缕阳光
照亮了人生苦旅
2014.5.30. 关山

来世相约*

夏日的风，早已变得冰凉；
你的声音，在风中飘落；
你的笑容，已成永恒的追索；
你的双眸，已涵蕴泪水一汪。
谁在聆听？那杜鹃啼血的情歌！

我灼热的双手，
再也不能把你抚摸；
我今生的爱，
仅只能为你来世相约。

彩云之巅，
我再也望不穿，
那沉浸心灵的寂寞。
你的誓言，
如那云朵，
依然在我的天空飘忽。

好想牵着你的小手，
去看大海，
为你拾起那闪亮的贝壳；
好想陪你去看草原，
那快乐的羔羊，
如你我儿时的欢乐。

勿忘！
今生的约定，
不会随风飘落。
勿忘！
那韶华如花盛开的日子，
我们手牵手，
数遍了小城的紫陌垂杨。
为爱！
我们抛弃了所有的枷锁。
假如岁月轮回，
我依然等你！
携手天涯海角。

莫感叹！
白云飘坠素衫脱，
从此红尘独离索。
鸿雁南飞，

怅望愁云无归宿。

请安静休息吧！
云水茫茫，
你无须为之高歌。
春秋朝露，
我且做清茶解渴。

好想你！
再吻我的额头，
它将写满尘世沧桑；
好想再牵你的小手，
去看钱塘潮起潮落。

我的梦里，
你依然红衣洒脱；
你的梦里，
是否还是舞醉嫦娥？

好想随你而去！
把滚滚红尘忘却；
陪伴你的天空，
洋溢着欢乐。

可你！
要我把今生的爱伸延，
用我的生命，
续完这首爱的情歌。

我在等你！
你也要等我！

共赴来世相约。
	2012.8.2. 洋澜湖

*：应友人之约而作。

来自星星的你

渺渺苍茫
多么遥远
等待多少年
恍惚
从天真的孩提
变为白发老者

在那个月色阑珊的深夜
独倚栏杆
凝神远望
终于在茫茫星海
看到了你

走过骄阳
走过秋天
走过寒冬
走到春天的原野
江南
正值莺飞草长的季节
百花绽放
芳菲吐艳

雨季的河流
漂来红帆一叶
隐隐约约
在奔腾的浪花中
梦到了你

来自星星的你
多么神奇
仿佛嫦娥下界
光华耀眼
那相逢的瞬间
内心的喜悦
难以遮掩

此生的美丽风景
只在相逢的星夜
春花秋月
潇湘水云
关山不眠

呵！而今
独自伫立琼楼
望穿双眼
那满天的星星
哪一颗是你？
何日星海相逢
再睹芳颜
	2014.3.3. 关山

冷　酒

好想一夜春风
绿了柳絮阡陌
然而　呼啸的北风
送来漫天飞雪
举杯望窗外
不见半弯月
冷酒一酌
去把江天灼热

多少回
吟风弄月
只要煮酒青梅
西边的沙漠
东方的太阳
你我倍感心悦

2014.2.17. 关山

落花雨

过了春季
到了雨季
黄昏又迎风雨狂
伫立楼台
独自欣赏

落花雨
两茫茫

时光匆匆逝去
消失在岁月的长河
雨季到了
却不见红帆驶过
云水渺渺
凝神黯然远望

呵！落花雨
留不住
恍若昨夜
梦中的红月亮
伴流星坠落
无影无踪
何处躲藏

呵！落花雨
两茫茫

2014.5.14. 关山

绿树对我说

窗外　阳光从云海飞来
鸟儿在歌唱
满眼秋色
伫立窗前
绿树对我说——

又要叶落枯干
经历霜刀雪剑的追迫
不知明年春天
可否回来

无言沉默
只有那片云朵
依然缠绕阡陌
绿树！你是自然之子
明年　你一定要回来
一帘春光
满眼春色

风中　鸟儿在歌唱
鸿雁　在云端翱翔
飞向遥远的南国

呵！风中
依然可以听到
绿树对我说

2014.8.20. 关山

蚂蚁之痒

在风尘漫天的大地
也是蚂蚁爬行之所
寒风与骄阳交错
青松迎日向上
树枝若旗帜飘扬

那几只可怜的蚂蚁
竟然爬上树梢
也许
它们也想登高远望
毕竟
看不到弥漫的阳光

但它们却要把青松撕咬
甚至想吞噬温暖的骄阳
如果能吸收无尽的能量
它们梦想变成凤凰

啊！蚂蚁之痒
好一个可笑的伎俩
令人断肠
抬头仰望
挺拔的青松
正蒸蒸日上
伸向太阳
何等荣光
何等阳刚

啊！不要思量
无谓的蚂蚁之痒
迎风扶摇
你毕竟要伸展到九天之上

2014.12.8. 关山

木　偶

那只可怜的物体
俨然生命的豪迈
可是，在世人面前
仅为取乐的存在

本来
并不是生命的真实
只是塑造的情怀
假如　不为人用
终随飞尘坠入大海

啊！那只可怜的木偶
谁为你感慨？
漫漫长夜独守到天亮
谁与你相爱？

啊！无情的光阴
是否把人变为木偶
早点醒来吧！
看阳光照在窗台
你不能梦游！
在木偶的悲剧时代
2014.7.26. 关山

南方的风
北方的雨

南方的风吹来北方的雨
雨季的河
涌动潮热的浪花
云从南方来
北岸赏笙花
雨往西边去
东篱楚人家

时光的年轮
经不起岁月忐忑
梦里几回
依稀飘逸的红帆
过尽千帆皆不是
唯有红衣浣溪沙
潇湘秋水
斑竹几支
彩云舞雪衫

又到黄昏日暮
听鸟归巢
峰峦犹竦深山
斜阳残照
望一江浪涛满天下

南方的风送来暖意
北方的雨倍感清寥
今夜有梦
星河轮回等闲
弯月回眸
谁来采撷桑麻

      2014.6.22 夜

你去哪里了

——汶川大地震 6 周年祭

就像天边吹来的风
掠过原野的绿涛
涛声依旧在耳边回响
蓦然回首
你却不见
只听到鸟儿轻盈歌唱
问星星！
你去哪里了

就像远方驶来的红帆
穿越碧涛青波
驶入来世之海
当那片霞光把浪花照亮
却不见你的踪影
哪怕上穷碧落下黄泉
孤独寻找迷失的远航
问海鸥！
你去哪里了

就像天空漂泊的云
漫步苍茫无边的空旷
飘去飘来
忘却了春秋冬夏的风光
恍惚绿洲瞬间化作沙漠
海枯石烂
岁月轮回沧桑
等待重逢遥遥无望
问白云！
你去哪里了

就像天上的那颗流星
闪烁如此璀璨的光芒
在梦里
依稀听到冰河时代的哭泣
那红月亮的泪水在冰河流淌
望星光
照亮你也照亮我
当晨曦再次催开我的双眸
问朝阳！
你去哪里了

啊！
风儿总会停下脚步
红帆就要靠岸休航
云朵也将疲倦沉睡
流星终究幻灭光芒

好空旷的天
好漆黑的夜
好苍茫的原野

好寂静的星光

独自天涯的日子
寻寻觅觅
那红红的月亮
曾经云雨断肠
星星也脱去了午夜红装

明天！
你去哪里了
     2014.5.12. 关山

祈　雨

仿佛　等了一千年
从青丝童颜
到白发如霜
因为你的到来
绿叶伸进孤窗
秋山欲披红装
鸟儿飞回了梦之故乡

那炎炎一夏
漫天焰火
遍地骄阳
蒸腾呀！
九曲黄河
万里长江
为那颗火热的心

燃尽了青春芳龄
枯干了澄澜碧波

多少人祈祷
渴望你到来
那是心灵的渴望
多少人期待
只要你纷纷扬扬
从九天飘落
宛若那绚丽的彩云
飘逸在水之中央

啊！祈雨
真的心海扬波
告别江河之殇
因为你到来
洞庭波涌
万丈渔歌
     2014.8.12. 关山

燃尽的太阳

举目遥望
燃烧千万年
无穷无尽的烽火
辐射环宇　灼热江河
温暖你和我

假如　有一天

太阳将燃尽
问谁？
再造一颗新的太阳
为浩渺宇宙发光
把沉重地球照亮

燃尽的太阳
也许是明天的情殇
当最后一点火种
燃放一缕光芒
当沉沉黑夜
悄然登场
谁相伴？
走入茫茫黑暗

也许
这是明天的挽歌
仿佛　黄昏过后
太阳沉没
再也看不到你的身影
触摸不到你的脸庞
只有你凄怆的呼唤
回荡在这冷漠的世上

啊！燃尽的太阳
做最后的绝唱
让我牵着你冰冷的小手
再造人间新的太阳

2014.1.2. 关山

热　考

又是一年灼热时
那群天真的少年
走进考场
再也看不见
昨天　百媚千娇

热考
是天之热情
还是心在焚烧

仿佛
性命之攸关
命运之壕沟
一纸一笔定乾坤
叹人生之渺渺
何等不屑

然而
多少新生的太阳
就此诞生
恍惚
夏雨骤然
汇成沧海浪潮
骄阳似火
在广漠的天空燃烧

2014.6.7 晨

如　果

如果太容易看到的风景
也许只是世俗的境界
如果太容易听到的声音
也许只有暂时的喜悦
如果太容易遥望的星光
也许仅存闪烁的片刻

如果太容易得到的赞美
也许正是虚无的"简·爱"
如果太容易送来的情话
也许隐藏邪恶的选择
如果太容易传达的思念
也许装满丑陋的独白

如果人世间还有真爱
就随春风感悟雁丘[1]的传说
如果天地间还有光明
就让骄阳驱散灵魂的困惑
如果生命中还有渴望
就去聆听雷峰古塔[2]的节拍

如果只是游戏人生
就把所有故事冷眼对待
如果仅为聊得一笑
就把满目烟尘当作紫墨
如果你已看破红尘

就不要再来戏弄整个世界

如果只是偶然遇见
就让花儿在风中沉默
如果只是凡俗的对话
你我都不能把平庸超越
如果想去彼岸风云际会
请记住我们只是人间的匆匆过客

如果早已感觉疲惫
请安然沉睡无须醒来
如果你已激情殆尽
不要忘却人间有爱
如果迷失在异国他乡
就让我在你记忆的河流漂泊

2014.6.20.　关山

(1) 指元好问的《雁丘词》中所讲的两只雁的故事。
(2) 指许仙和白娘子被困雷峰塔的故事。

三峡遐想

几千年风雨
找不到你
找不到我
涌动万顷波澜
秋光艳如火

把滚滚碧涛截断
仿佛要停止流动的洪波
纵然抽刀断水
把万丈豪情赋予浩浩大江

宛若一条钢铁长龙
更胜颤动的巨锁
今天截止了万里波涛
明天是否要困住你
锁住我

    2014.10.3. 宜昌

时光的轴轮

时光的轴轮
留不下前行的脚步
一步一步走来
不知远方的潮雾

沧海横流
英雄自古寂孤
如云中鸿雁
独自天涯挥袖

向前！向前！
莫怕风雨如注
只要太阳依然
上苍总在看护

时光的轴轮
仿佛生命的感悟
五千年岁月
九万里红尘
从不停止脚步

    2014.6.8. 关山

天　道

天下
乃芸芸众生之家园
仿佛
太阳诞生之福地
雨水喷出之发源
鸿雁觅栖处
鹭鸟飞又还

望苍茫
万里无垠
云海如雪　峰壑纵横
太阳要西沉
赤练抚栏
夜色阑珊时
月隐星残

看大地
百花有情
层林似锦　春意盎然
黄鹤正东来

霞光流岚
春花秋月好
酣醉江潭

天道昭昭
何时相逢沧海
宴赴琼楼
千杯万盏
不醉不还

啊！
君从何处来
我往何处去
天道总依然

2014.8.22. 关山

逍遥游遍蓬莱城

谁言？
东海有鲲鹏
南山觅灵魂
天堂飞鸟
凌虚苍茫升腾

听经
在这个苦雨暮秋
煮一壶清酒
莫愁月隐星焚
淡然自斟独饮
笑谈朗朗乾坤

2014.10.29. 关山

听 经

读史千年
安能史海钩沉
诵经万卷
方知经典如云
今日秋雨满阡陌
天外冷风洗纤尘

听经
鸿儒几曾走沧海
纲常易礼入柴门
常喜　常忧　常乐

完美谢幕

真不愿离开
但又不能不走
恍惚风中的那片云朵
难道这是命运的安排
君奈若何？

遥远的天空
从此孤独流浪
仿佛那颗流星
等待寂寞幻灭的时光

也许！
这是完美谢幕
千里长亭
今夜离散
不再回往

倘若月白风清之夜
你是否还会仰望？
那颗孤独的流星
就是我……

    2014.1.22. 关山

为　谁

杨花拂面
柳絮如雪
独自窗前
暖暖春风中
为谁？欣然写诗

缤纷花雨
芬芳迷离
漫步旷野
皎皎月色里
为谁？油然抚琴

奇峰竦立
山水纵横
寂静漂移

灼灼阳光下
为谁？沛然作画

啊！
又是一年好风景
花开时节不沉沦
煮酒一酌
笑把豪情赋白云

    2014.3.24. 关山

为谁下雨

漫天风雨
在晨光中走来
那一树枝叶
沐浴雨雾中徘徊
为谁下雨
在这个秋色迷离的时刻

任一季珍藏的灼热
抛向九天云外
让凉爽甚至冰冷
把所有的热情取代
纵然潇湘水云寒
鸿雁飞南国
梦雨！已成难舍的节拍

把两岸纤柔的柳絮
洒在枯黄的阡陌

那远去鸿雁的回声
萦绕着旧时情怀
当夕阳送走最后的行者
我独自遥望
红尘的又一个过客

用跟随多年的酒杯
把漫天风雨装载
倘若这是人间的美酒
如天河之水
流淌在如歌岁月
秋雨潇潇的日子
谁倚栏无语
难舍的舍得
沉沦　寂默

2014.8.26. 关山

温　暖

如冬日的阳光
温柔照耀
苏醒一个个鲜活的生灵
走进春天
彼岸
开放绚丽的花朵

如夏日的清风细雨
吹拂原野
滋润一颗颗枯寂的心灵

重获新生
轮回
皈依自然的长河

温暖
在无尚的净界
播种人间大爱
温暖
在凡俗的红尘
传递普渡慈航

啊！宁静的深夜
遥望满天星星
忽见闪烁一瞬
只在瞬间
我看到那温暖的灵光
把明天照亮

2014.8.7. 关山

文　冰

我静静躺在茫茫雪山
千万年酣睡
梦里与嫦娥笑谈
醉舞星河　快乐纵横

可是　那个黎明时分
你乘风驾鹤而来
来到我的梦里

把我从仙境带入人寰

还有好多豆蔻年华的梦
长留在雪域高原
连那个美丽的童话
也没有找到结局
何等凄然

只有你的笑容
融化了千年冰山
把我从梦呓中唤醒
来欣赏秋月春花

只要牵着你的手
我的生命将绽放灿烂
只要听你呼吸
天地万物洋溢着浪漫

啊！皓月当空
夜色阑珊
我的心
总想回到茫茫雪山

2014.4.2 夜　关山

无言的世界

无言的世界
我举杯独酌
天依然空旷

海依然隐约
为君到来
我把前世忘却

无言的世界
我对酒当歌
风依然冰凉
地依然辽阔
为了明天
我把今生洒脱

无言的世界
我竟上楼阁
云依然飘渺
鸟穿透荒漠
为谁守望
我把红尘凋落

啊！
重峦叠嶂
峰回路转
我依然坚持
心之寂寞

2014.12.25. 关山

舞王的爵士舞

我来自遥远的星河
那里只有星光闪烁

白云生长
那里只看到浩渺三界
一片荒漠
那里望不到人间的
绿水青山
鸟语花香

可是
为了心灵的呼唤
我从九万里凌霄飘落
来到波涛汹涌的大江
来到白云黄鹤的故乡
来到江南的人间天堂
来听紫丫唱一首春之歌

我是来自天边的舞王
曾经的岁月
我与星星为伴
驾鲲鹏扶摇直上
从此
远离了美丽红尘
连那天真的童话
也逐渐遗忘
挥挥手
一泓清波上天河
一颗流星入苍茫

可是
为了心灵的呼唤
为了把爵士的风采
带到她身旁

为了星星再次为她闪亮
于是
我伴流星漂泊苍茫
连那弯弯的红月亮
也为我绽放光芒

啊！快乐的舞王
随着爵士的节拍
舞动人间的精灵
灼灼辉煌
那温柔的紫丫
宛若一只彩蝶
翩翩起舞　款款飞翔

啊！舞王的爵士舞
送来渺渺尘世的阳光
点燃芸芸众生的焰火
温暖小小紫丫的畅想

啊！舞王的爵士舞
快乐的舞王

2014.6.14. 关山

夕阳缓缓下沉

一抹夕阳　正往西边
缓缓下沉
没有一丝牵挂
也不问那片彩云

早已忘却了
冉冉东升
带着希冀和激情
曾经放声高歌
云海深处
依然回荡着悠扬的歌声

从不畏惧寒风
更不怕霜雪摧残
为了心中的那个传奇
曾经舍弃了三世凡身

可是
等到却是空空的孤寂
渺渺苍茫
再也找不到知音
一任寒风
听凭浮沉

夕阳正缓缓下沉
没有任何牵挂
听不到歌声
看不见彩云

2014.1.23. 下午

仙　踪 *

我在九天之上漫游，
你再也看不到我的脸，
只有从你双眸飞过的云烟。
我不想看你的泪，
那泪水在我离去的瞬间，
早已流干。
我不想回忆你的热情，
那是我伤心的诀别。
我只想看凌霄的冰冷，
那是来自冰河的枯骨，
伴那皑皑白雪，
散发着酷寒。

莫叹！你我永远别离。
那颗星星就是我，
眨着眼睛把你注视。
相隔茫茫冷雾，
相距万水千山。
你纵有五彩神翼，
今生今世，
再也不能听我欢笑，
再也看不到我凝结的红颜。

走不过！
那一纸之隔的天堂和人间，
那星星，那灯火，
恍若魅影层层。
走不过！冬夏春秋，
多少回梦里重逢，
那只不过是情的殇，
泪的永恒。

黑暗中我也曾试图飞越，

去握住那光明的火焰。
但冷雾总把人间的烟火熄灭，
让我在黑暗中孤独寒冷。
我被命运的暗流卷走，
无论多么坚强！
风雨泯灭了生命的信念，
黑暗淹没了所有的誓言。
但愿你依然坚信：
我的微笑总在花海里缠绵。

假如，再想重逢！
那只能是一个冰冷的梦吆。
红尘中的你，
早日放弃！
这痴心的爱恋。
你的梦，已不再在我的世界；
我的梦，已不能与你相见。
我的容颜，
已成一堆冰雪，
深埋在茫茫天山；
我的温柔，
已成一串冰凌，
假如，阳光到来，
那将融化成一汪冰水
滔滔东去吊红颜。

即使再上思念的船，
永远到不了我沉睡的荒原；
即使日夜眺望无穷怀念，
也不能牵到那爱的拉纤。

你看那天边的流云，
正悄悄飘远，
别了……别了……
问君是否？
渴望来世再相见！

2012.7.31. 关山

*：应友人之约，和《相约》《素颜》诗一首

新生的太阳

昨天的夕阳
随风凋落
带走了所有的孤寂
带走了所有的忧伤
连那残破的月儿
也收起了零乱的红装

今天的太阳
穿云破雾
冉冉升起在东方
那飞翔的鸟儿
也在纵情喝彩
祈祷新生的太阳

迎着晨风
倚栏遥望
啊！新生的太阳

把我照亮
仿佛
生命之光
燃起新的希望

远方
红帆驶过
向着太阳
轻轻歌唱
那云中鸟儿
身披霞光
奔向骄阳

    2014.5.6 晨　关山

行　者

多少漫长的岁月
独自行走
多少春花秋月
看不到尽头
行者
来到繁华世界
恍若梦游
总有一天
走向彼岸琼楼

这不是生命的极限
只是人生相伴的航程
慢慢前行

行者
总会看一眼雨后彩虹

好想默默停留在山峦
放眼四周不同的景色
或有春光迷离
或有秋色漫天
假如　来一场瑞雪
行者
好想在冷冷冰川中
酣睡沉眠

    2014.2.16. 关山

喧闹的鸟

在林梢　在晨风中
一群鸟儿
喧闹树丛
阳光温柔照耀
夏花绽放几重

倘若是超世神鹰
就不会陶醉清冷晨风
倘若是九天鲲鹏
早已翱翔浩渺苍穹

可叹几只凡鸟
栖身云雾落叶松
可叹一群燕雀

终究不能远离平庸

啊！喧闹的鸟
吵醒了痴人沉沦的梦
漂泊在熙熙攘攘的红尘
乍然敲响那古老的晨钟
2014.6.11. 关山

阳光能点亮黑夜吗

总想太阳不西沉
黑夜不再来
因为
每到黑夜
总是感觉找不到未来

阳光能点亮黑夜吗
伸手抚摸
四野沉默
阳光说——
我和黑夜不在同一个时段
如果　你想光明的世界
请你从梦中醒来

呵！我在黎明的岸上等待
等待阳光到来
阳光　阳光

带我飞翔吧！
我不想回到黑夜
不想去那黑暗的世界
2014.3.16

别梦天堂 *

那条弯弯的小河，
曾把多少鲜活的生灵吞噬。
那奈何桥的灯火，
照着你轻盈的身影，
匆匆走过。
悠悠河水，渺渺烟波。

谁送你走过这残忍的断魂桥？
谁伴你遥望这冰冷的绝情河？
你独自去彼岸，
采撷那心碎的花朵，
有叶无花，有花无果。

你要送我一朵，
在心海珍藏！
等待重逢的日子，
装饰你的秀发，
吐露醉人的芬芳。

是否？你选择了孟婆汤，
喝下这忘情水，
把人间的爱恨情仇忘却。

多少快乐忧愁，
从此与你解脱。
是否？你也要把我遗忘，
曾经的恩爱承诺，
终将化作一缕青烟，
消失在忘川河。

好想你跳入忘川河，
苦等三千年的寂寞。
让我从你的眼前，
一次又一次走过。
你痴情把我张望，
我却不知你何处凋落。

何必？再去三生石，
雕刻下珍爱的名字。
难道是为了尘世的寄托？
那冰冷的石头，
终不能留下爱情的衣钵。

你悄悄走了，
消失得无影无踪，
我心里仅剩下荒漠。
呵！亲爱的……
不须原谅！
生生死死，
总是上天的旨意，
终逃不过命运的恶魔。

我永远爱着你！
如这彼岸花四季飘香。

但愿你也想着我，
铭记我的嘱托！
在天堂的彼岸，
等待我相约！

亲爱的！你在那边，
要好好生活，
那是世人向往的天堂。
我会爱你之所恋，
唱你之颂歌。
在走向重逢的路上，
我一直为你轻轻歌唱。

云水茫茫，群峰交错，
看飞鸟在头顶飞过，
听天籁之音敲响。
等待你的时光，
我们相拥！
凤舞九天，鸟语花香。

今生来世！
我们携手，痴心断肠。
昨天，别梦天堂；
明天，天堂相约。
听一曲红豆笙歌，
看你漫舞红妆。
凡生大梦，载酒春江。

2012.8.3 凌晨

*：应友人之约，和《相约》《素颜》诗一首

夜　读

浮生日复一日
书破万卷
日落黄昏
渐入黑夜
谁在漫漫寒夜苦读
青灯黄卷
未觉黎明
天地却混沌一片

走不完天涯路
红帆驶出地平线
安知彼岸遥遥
千山万水寻遍
蓦然回首
伊人伫立星光阑珊夜

星夜启航
孤月高悬
万里归帆回眸
宏图夙愿
流年学海泛舟
淘尽五湖四海水
翼动玉龙雪雁
直登临
蓬莱仙山
霁月梦游沧海远

幸驾兰舟
欣然与君夜宴

2014.10.23 夜　关山

又见雪花舞寒春

已是春寒料峭
不见花开江畔
午夜寂静时
又见雪花临岸

好一个苦寒春
难寻伊人踪影
甚至那熟悉的声音
也消失在遥远天边
风　轻轻吹
雪花　满天飞

独上楼台
又见雪花舞寒春
星隐隐
夜深深
何日骄阳灿烂
笑折柳絮纷纷
春风动红衣
舞雪听鸿雁
温暖江城的天
去往南方的岸

2014.2.13 晨

雨在苍茫

雨
已往他乡
或许
消失在遥远的苍茫
或许
早已忘却此岸的河

热浪
如日中天
燃烧着阳光
阳光的身影
披着万顷光芒

谁？
燃尽一生激情
绝无忧伤
等待夏雨来临
哪怕等到
地老天荒

谁？
独倚雕栏
凝神远望
禁不得
华发如雪
青丝如霜

云天外
一行鸿雁
依然在翱翔
白云苍狗
日落长河

云在沧海
雨在苍茫

2014.6.13 晨

远去的歌声

如三月桃花般娇艳
乘着雨季的红帆
带来悠扬的歌声
荡漾在春江水暖
奔腾向柳岸林荫

仿佛梦中的仙境
踏着鲜花的芬芳节拍
陶醉如幻的夜莺
当一曲笙歌响起
浪花也舞动美丽的绸巾

聆听这动人的旋律
忘却了此时凡身
歌声悄然远去
遥望渐行渐远的背影

风吹春花凋落在河畔
寻寻觅觅
远去的歌声
也许
只是一个美丽的传说
随浪花去了天边
别离了彼岸风景
    2014.2.27. 关山

折叠阳光

阳光
如五月温馨的花蕊
装点江山
多少迷人的景色
纵然寒冬不想离去
远岸的冰凌
坠落在萧条的阡陌

折叠阳光
饰若温暖的花伞
沐浴周身
在万紫千红中飞越
走过雪花缤纷的寒夜
前方就是春暖花开

悄然远游
不仅只为逃避满目萧瑟
扬帆万里

心随波澜安济沧海
凝神聆听
昨夜梦中星光的传说
伫立彼岸
翘首兰舟乘风归来

把阳光之伞
为你撑开
寻觅江南岸
暖暖的弯月
等到又一个浪漫雨季
春色漫天
夜莺轻唱梦之蓬莱
    2014.1.15 中午

追赶太阳

追赶太阳　我心之愿望
那永恒的光和热
是孕育一切生命的温床
我不想占有所有的能量
只要驾驭阳光的翅膀
在无垠的天空翱翔

追赶太阳　已不是时尚
曾经向往在月亮之上
那凄清的冷焰
却是孤寂冰凉
牵不到你的手

心在梦呓里流亡

追赶太阳
点燃人世间的希望
仿佛滔滔奔腾的春潮
汇成生生不息的海洋

追赶太阳
泛舟星海远航
谁在岸边窃窃私语
谁在为我歌唱……
2013.12.24. 关山

紫墨菡香

来自苍茫的风雨
等待红帆归来
一片一片云朵
在梦中江南漂泊
云朵带走了
紫陌垂杨的春景
难忘夏日菡萏悄悄盛开

那是一个雨季的清晨
是谁？独自伫立
在枯寂的书斋
当翻开一张又一张页面
偶见那久违的芬芳紫墨
写在无雨季节的春风夏雨

浇灌夏日菡萏的笑颜
宛若凌波仙子举袂歌舞
那紫衣绿袖
仿佛千手观音的快乐节拍

恍惚一个春天的神话
乘一叶兰舟徜徉在花海
千回百转去往柳岸闻莺
红衣舞雪俨然是个旷世传说

梦里总在寻觅那个童话
童话世界在莺飞草长的五月
星光晓月谁在弹唱江南好
月儿高挂欣然洒落芳菲的夜色

那童话的梦　梦在江南
远方的岸　梦回南国
摘青梅　煮红豆
何时携手重游
踏波吟唱菡香紫墨
2014.1.14 下午

紫丫的肚皮舞

紫丫的肚皮舞
舞起儿时的欢乐
那个天真无邪的小丫
在如花绽放的季节
牧童的青青竹笛

轻轻吹响春天的歌

紫丫的肚皮舞
舞动青春的韶光
那个月儿皎洁的子夜
在斑竹流泪的潇湘
轻轻牵着你的小手
漫游星河
拥抱那红红的月亮

江南的雨
淋湿了你纤柔的裙衩
林间小鸟
围绕在你身旁
品味你的芬芳

江南的雨
浸透了我枯黄的衣钵
天上流云
在我面前悄然飘落
无语话情殇

那晓风残月
终于迎来黎明的曙光
那弯弯的小河
依然轻荡滔滔碧波
那牧童的竹笛
回响在峰峦陌生的荒坡

别离了阡陌
远去了他乡

把滚滚红尘
舞成热流跳动的黄河

偶忆起天山雪花
南国荔枝飘香
仿佛凌波仙子下凡尘
降临在江南的荷塘

那西湖的水
始终是心灵永恒的歌
那柳浪闻莺的美丽
至今依然不能遗忘

啊！紫丫的肚皮舞
舞醉了梦中的牛郎
在南方遥远的岸
苦苦等待你归航

啊！紫丫
肚皮舞动青春的歌

2014.6.11 夜　关山

第六章　梦在太阳的故乡

爱雨的春天

爱雨
只为春天的美丽
滋润千里沃野
从沉睡的冬夜苏醒
春风中
忘却了疲惫的梦魇

曾经一个爱雨的少年
流年的风沙
荒芜了那稚嫩的笑脸
直到心海成为荒漠
梦中的雨
如霜如雪把岁月搁浅

不知过了多少日夜
流星也数不清
那望断天涯的双眸
冰雪掩埋皑皑天山
梦中找不到冰川雪莲

等待一场春雨
浇灌枯竭的茫茫荒原
当鲜花绿草摇曳
仿佛回到快乐家园
风生水起
在这个爱雨的春天

爱雨的春天
去寻觅那个爱雨的少年
假如穿越时空隧道
欣然在雨中快乐酣眠

2015.2.28 晨

八百年之虑

史有前例
八百年风雨
楚人奋斗不息
至今依然风声鹤唳
当日落黄昏
独倚黄鹤楼上
望洞庭波澜万顷
大江滔滔
带走多少明君悍吏
半弯皓月
照逝水东流无痕迹

数流星如雨
纷纷扬扬疑似泪
楚国八百年
明月又缺又圆
今夜若乘龙舟
邀屈子驾祥云
相携手指点江山
五千年多少轮回
青梅煮酒同饮

今夜不醉不归

啊!
八百年风雨
八百年之虑
假如岁月倒流
明日重回楚地
再上黄鹤楼
看大江浩浩荡荡
多少青山绿水
你我如何面对?

2015.8.5 晚

独　守

如果
在匆匆人流中奔波
岂止身体疲惫
心
犹如车轮转动之累

还是独自端坐
窗外鸟儿嬉戏陶醉
曾经孩提时代
鸟语花香相伴酣睡

独守一帘绿叶
望穿苍茫云蒸霞蔚
春色早上柳梢头

剪裁无数花絮

2015.4.20. 关山

端午梦呓

又到端午节
阳光依旧迷人
天空燃放灼热光焰
假如不为屈子招魂
世人何必在江河上流连

年年暖风汨罗水
岁岁绿柳碧云天
劝君一杯酒
洞庭波澜生烟
屈子挥挥手
独步九州方圆

再唱那首《离骚》
长歌当哭天作别
假如屈子乘风归来
驾驭天之龙舟
与君相约天山月
风萧萧
雨霖霖
问君是否舍得
从此别了红尘梦呓
爱在天上人间

2015.6.20 端午节

和平鸽之梦

成千上万只鸽子
飞向蓝天
那是和平之鸽
在自由的天空翱翔
但愿再过七十年
鸽子依然飞在梦之故乡

东海之滨
那曾不可一世的小东洋
是否？可以看到
这一群白色的天使
正飞向世界
飞过太平洋

如果　真的如此
君何感想？
假如　东海之滨
再一次飞来侵略的炮火
是否？
可以用百万只和平鸽
去阻挡

是否？还用我们的血肉
筑成新的长城
万里长城万里长……
啊！

和平鸽
可否换来和平的梦想

2015.9.3. 关山

忽冷忽热的日子

忽冷忽热的日子
太阳在捉迷藏
昨天动人的笑颜
今天却乌云茫茫

漫天骄阳
使人忘却隆冬寒光
仰望星空
仿佛回到春之故乡

遍地冷风
恍惚此刻天地洪荒
抬头寻觅
昨夜梦中云衣霓裳

偶见飞鸟
掠波澜乘风直上
九派苍茫
天地苍茫

忽冷忽热的日子
那片飘云
找不到方向

2015.1.12 黄昏

恍若梦幻之行

走在城市的街头
仿佛穿越拥挤的荒冢
那熙熙攘攘的人流
犹似鬼域飘渺的魂踪

还不如孤独漂移
来去自由自在从容
没有尘世烦忧挂牵
忘却所有的苦乐情衷

可是这凡身之林
满目尘嚣遍地落鸿
心之向往已成寒雾飘洒
冻了春之河岸
冷了秋山万重

远处的街灯
若如乱岗鬼火
随风送走一路车流
伴那暮云涌动
临近的楼台
噪音掠过围墙
若如飘风
折断枯木树丛

走在这喧哗烦躁的街市

仿佛鬼域爬行的七星瓢虫
等不及爬到彼岸
早已在冰雪里冻僵葬送
再也感受不到又一年春风

2015.11.10. 关山

借我一双翅膀

借我一双翅膀
不仅仅只为了飞翔
假如飞往苍茫之上
我一定唤回新的太阳

看世人匆忙于雾霾和阴暗
清晨踏碎寒冷的冰霜
黄昏看不到告别的夕阳
春暖花开已成隔世的奢望

借我一双翅膀
不仅仅只为了离开荒漠
假如去彼岸浴火重生
我一定燃放新世纪的光芒

让世人重返桃源梦境
朝迎红日暮看青禾
携手在如诗如画的岁月
美丽的童话地久天长

借我一双翅膀

我一定穿越苍茫
天织霓衣
地铺温床
            2015.12.27 下午

今夜有雨

本是炎热之暮
夕阳燃烧江上
忽而夜雨又临窗
闪电　雷鸣
层楼隐隐林荫巷

匆匆而来
若如梦境
苏醒在此岸垂杨
睁开双眸
仿佛看到清晨
仙子凌波

夜风强劲吹拂
绿树在街灯下摇晃
远方跳动的身影
疑若梦中的红月亮

啊！今夜有雨
也许
看不到半弯红月亮
            2015.7.26. 汉口

静止的世界

静止的世界
正好安谧沉睡
天依然湛蓝
水依然淡淡

好想静止休眠
如同这静止的世界
心海不动波澜
身在红尘之外

那是一个美好境界
所有的忧伤
所有的欢笑
随同那云朵
一起消失
如风飘散
不再回来

啊！
好一个静止的世界
            2015.1.3. 关山

哭与笑的箴言

来到这个世界
聆听稚嫩的哭喊
一个新的生命
为人间添砖加瓦

告别这个世界
别人为你哭喊
一个新的神灵
为天堂敬奉彼岸花

啊！哭
何等美丽
伴生命而来
送生命依皈
来于自然
回归自然

假如
一切在今天改变
让哭喊化作笑谈
假如
那一天
你笑着来到人间
多年以后
你笑着告别尘缘
世界

因你改变了容颜

假如
这是真的！
笑着来
笑着走
我们
从此生活在
天上人间

2015.5.16 晨

酷暑之困

好一个火热地球
阳光如同燃烧的炽烈
风吹来灼灼逼人
鸟儿也躲藏林荫深处
无语感叹
七月流火的旷野
绿树宛若高举的火炬
照亮了天空
浮游在无垠的人间

这是生命的田野
七月正是收获的季节
走遍阡陌
却不见农耕的壮年
偶见一头老牛
几个童稚的孩提

还有耄耋的老者

这是我的田野
仿佛瞬间
穿越时空万年
还没品味
天真烂漫的韶华
却匆匆忙忙
进入了
燃尽枯槁的夏夜

啊！酷暑之困
但愿不再苏醒
免遭赤日炎炎
焚毁了
最后的那点眷恋
期待明朝起来
向着太阳默默祈祷
让南国的季风
北方的冷雨
洒遍天下九州
鸿雁翩翩翱翔
在碧野蓝天

2015.8.4 晚

聆听的力量

仿佛在寻觅一种声音
曾经带有寻梦的感觉

但愿蕴含
孩提时代的纯真
宛若一滴春雨
洒落在芭蕉叶上

那稚嫩的智慧之花
曾在聆听中绽放
睁开双眼
看大千世界
星光闪亮

假如时光回转
是否
回到旧时课堂
再一次聆听
启动心智的教诲
让他给我
无穷无尽的力量
为我
洗净灵魂的蒙昧时尚

2015.7.24 晚　汉口

没有夜的世界

日落黄昏
我回到寂静的小楼
鸟儿早已从这里飞走
或去封闭的屋檐下
或往温暖的南方远游

西天的云朵
可曾被冻结为冰酥
饥饿的时候
且做一顿干粮
口渴的日子
暂用浊酒消愁解忧

去看最后的夕阳
染红了地平线的沙丘
如果照亮整个夜晚
黎明的太阳
是否不再熊熊燃烧

何不
把夕阳当作朝晖
把黑夜燃成白昼
在没有夜的世界
世人是否快乐无忧

啊！
你真的为此燃烧

　　　　　2015.12.7. 关山

梅雨江上

又是梅雨季节
草长莺飞
连乱石也发芽
何止万年枯木

那一片片青苔
铺满一级级石阶
通往江畔
凝望
却不见孤帆远影

在这个梅雨季节
去江上
看波澜壮阔
无奈滔滔东流水
日夜兼程
奔腾向大海
带走了童年的梦境

那年梅雨季节
在江上
看沙鸥翱翔
天真烂漫的孩提
对浪花许愿
欲说白云的憧憬

星光灿烂的夜晚
在江上
数满天星光
把童话送给北斗
期许黎明到来
迎接阳光热吻

在这个梅雨季节
去江上
奢望看到

古老的乌篷船
飘逝的白帆
吵闹的小渔村
可是
这已成为过去
而今
独倚江畔远望
黯然一泓波涛
上与天连接
默默无语东去
再也唤不回
旧时风景

2015.7.9. 关山

梦在太阳的故乡

梦在太阳的故乡
君不见道路有多长
寒夜漫漫
剑雪刀霜
向前走！
莫畏惧海天苍茫

太阳也有梦想
尽管有时会被黑暗吞噬
只要坚守长夜不眠
就能看到黎明的曙光

梦在太阳的故乡

你可曾在黑暗中彷徨
那一颗流星只是燃烧一瞬
瞬间的闪烁
也能点燃生命的希望

我们都有梦的向往
仿佛东方冉冉升起的太阳
太阳的故乡
也是梦的故乡
让我们手拉手向前
追寻梦想

梦在太阳的故乡
那就是我们的故乡

2015.1.1. 关山

魔鬼的声音

远处悠悠的歌声
仿佛幽灵的呻吟
日升之时风吹彩云
晚霞飘坠西边日沉
那幽灵
堪比心魔
绯绯缠身
直至星光满天
月移更深
高楼冰冷的梦魇
环绕孤帆远影

又一个日出
又一个黄昏
天地无穷尽
日月若转轮
安能倚天挥长剑
斩断妖蛾出红尘
从此
静水无澜
苍天无云
再也听不到
魔鬼的声音

　　　　　2015.5.21. 关山

那年乡愁

那年的乡村
绿草长满山涧
牧童牵牛去山上
捉了飞蝗　蜻蜓
还有林蛙

那儿时伙伴
会攀上树顶
寻觅小鸟的影子
总想纵身飞翔
又怕手脚折弯

梦里
总有星星闪亮

灵魂在与星光对话
如果长出翅膀
就会飞往月亮
看嫦娥舞姿婀娜

可是
当晨曦照进小屋
孩提一夜长大
当走出童年的荒原
再也找不到
天真烂漫
无奈失乐园

那年乡愁
小鸟远离了土屋
青青的常春藤
攀不上清澈桥廊
小河边
没有快乐的藤蔓

那年
失意的淡定
乡愁
只在记忆的河流
孤独漂移

　　　　　2015.8.29 下午

涅 槃

把那片浮云
暂作涅槃的方舟
飞往宇宙峰巅
不胜决不罢休

无边无际的苍茫啊
何处是尽头
此生的风景
岂止在玉宇琼州

梦里登临绝顶
星星在杯中燃烧
豪饮五湖四海水
汗珠淹没了原野荒丘

远方漂来一小船
仿佛月儿弯弯的眉梢
谁在海底点亮了红烛
幻若新娘鲜艳的盖头

多少回
伸展翅膀漫天遨游
渺渺苍茫何等孤独
当嫦娥弹唱云衣霓裳
涅槃的日子
我为谁救赎

啊！
涅槃　涅槃
或上天堂
或下地狱

2015.11.25. 关山

疲惫的夜色

白云在夜空
停止了流动
也许太累
悄然睡去
星星几欲闭上双眼
不再看
那半边月亮的脸
小鸟早已归巢
听不到呢喃絮语

独自走过林荫道
一天的聆听
使头脑昏聩
风吹动青青绿叶
一片空白
占领了心灵的格局

抬头望
苍茫夜色
颓然垂下
疲惫的眉睫

任清风吹过
记不得
又一夜炎暑

    2015.7.27. 汉口

疲惫的雨

因为天际太辽阔
不能播送所有的空间
因为时光太漫长
不能走遍全部的岁月

疲惫的雨
从冬天的雪花
化作春水滔滔漂泊
一直涌向大海
何处是尽头
漫天云水对谁说

期待晴朗的日子
悄然云开雾散
静静躲在苍茫深处
不问红尘黑与白

假如大地干渴
江湖枯竭
我再匆匆归来
送给你
好凉爽的夏

湿润万里阡陌

    2015.4.2 晚

疲乏的夏雨

也许
在大地奔放太久
行人投以厌恶的目光
江河流淌着
不再是快乐浪花
而是仲夏泪雨成河

把所有的山峦
笼罩在黑暗之中
让灼热的阳光
去天界逃亡
把全部的原野
隐藏在雾霭之下
让芬芳的绿叶
凋零在异乡

夜深沉
早已看不见月亮
雨霖霖
夜色空漠
疲乏的夏雨
是否？今夜
轻轻敲窗
催我进入梦乡

    2015.7.6. 关山

前世今生

把一团夜雾
裹着半边烟雨
向苍茫之上升腾祈求
也许，凌霄九重
可以遇见
我的前世骷髅
瞬息点燃那颗星星
闪烁的光焰
可曾照亮拥挤的地球

可是，今生的凡身
恍若一头劳累的牯牛
终日奔波阡陌
焉能一口冰水几顿草芦

假如，穿越时空隧道
重返前世的征途
定必善修精炼
凤凰涅槃
脱去肉体俗念
驾驭诺亚方舟
飞回喧哗的人间
解放所有的岸上囚徒

纵然生无所寄
也要在滚滚红尘中
快乐漫游
从前世的起点
伸展到今生的尽头
忘却了世俗烦忧
舍弃全部的爱恨情仇
随风漂移
在无思无欲的世界
享受无尚自由

　　　　　　2015.11.19. 关山

琴声的世界

静静的
聆听
仿佛来自天外
也许
那正是天籁之声
从遥远的地域传来
静静的
走进琴声的世界

红尘苦短
匆匆忙忙轮回
刚刚偶遇
还没有一声问候
却挥手静默
茫茫天涯路
空叹春潮漫天
秋风凋零花海

独立楼台的日子
听那悠悠的琴声
在无限时空中穿越
恍如隔世的陌生
却又似曾相悦
也许那是梦魇的影子
带我寻觅
命运的节拍

静静的
聆听
仿佛来自天外
也许
那是上苍的呼唤
神游九天蓬莱
向往
另一个美丽世界

2015.9.7 晨

热风吹落的梦呓

也许酷热将消磨
美丽风景
昙花一现只是
痴人说梦
偶然的风语
会把星星的向往
碎裂为黄昏灰暗的
半截彩虹

乘着清风一样的心情
曳引神女的翅膀颤动
欲携手扶摇浩渺苍茫
此去万里快意无穷
可是　夜幕下的黑影
乍然窜入
滋生成心灵的瓢虫

亦如热风吹落的梦呓
漫漫长夜
倚栏遥望阴霾重重
夜空中仅能看到
半弯残月
恍若欲断的长弓
夜风早已吹走
日落前的憧憬
那即将幻灭的晓月
再已等不到
飞往黎明的创世鲲鹏

2015.8.8. 关山

嬗　变

一年又一年
直至千秋万古
那高悬夜空的月亮
永不改变的脸
从梦里醒来
太阳冉冉升起

温暖的阳光
照亮了原野

再也寻不见
月亮的笑脸
慢慢等待
太阳西沉
星星把夜空寻遍
也许
今夜还能遇见

可是
早已不是十五月圆
也许
今夜只能看到
半弯残月
半边笑脸
也许
今夜有暴风雨
茫茫天空
什么也看不见

黄昏日西沉
夜幕笼罩
远方的地平线
伫立楼台
犹忆万山红遍
遥望重重峰峦
疑若弯弓射箭

倏忽

苍穹灵光闪现
是否
那是月亮的嬗变
假如
月亮与太阳相恋
日月同辉
成为神话的风景线
真的不想
日月轮回永恒不变
哪怕太阳瞬间熄灭
月亮燃起焰火
照耀漫漫长夜
普天下生灵
将不再沉眠
感恩上苍
把新的光明使者
馈送给人间

啊！
这就是月亮的嬗变
问君　是否如愿
在群星璀璨的夜晚
享受阳光的盛宴

2015.5.20. 关山

谁为樱花歌唱

那是一条静静的林荫道
一条沉寂无语的小路

而今却人来人往
时光在悄悄飞渡
那一束束粉红的花蕊
在阳光下欲放朝露
风依然冷冷
完全没有春天的温度

谁为樱花歌唱
这异国奇葩
芬芳了珞珈山麓
游人如风而至
似忘怀各自的归宿

可否忆起
甲午风烟弥漫
九一八松花江的怒吼
七七卢沟桥的炮火
延延续续……
从此凋零了
东瀛暮春三月的温柔

日升之晨
遥遥东海
泛滥那花之血肉
随波而来
到达此岸
如狼似虎凌然登陆
那是掠夺与杀戮
令人心颤的"新大陆"
是否？
世人早已忘却

樱之香不能滋润中华沃土
恶之妖却暴虐华夏九州

啊！
走在这静静的樱花之路
风依然冷冷
天空看不到云朵
假如真的忘记
甲午之耻
九一八之辱
假如真的淡然
七七卢沟晓月
总有一天
这静静的樱花之路
将嬗变为
亡魂之道
不归之路

啊！谁为樱花歌唱
我悼先人惨绝的血肉

2015.3.8. 珞珈山

深　渊

无垠的天
仿佛看不到底的深渊
生死轮回若许年
悠悠难觅遥远的星

浩渺的海
走不过漫长的边缘
潮起潮落几回还
茫茫未知彼岸的船

可爱的苍生
或地狱或天堂
迥然冰火两重天
快去地狱修炼
早日登上九重霄
了却红尘缘
煮酒千盅且当歌
天堂好相见

庆幸
累了红尘百年
终别深渊
今夜若有雨
霁月离岸
漫游苍茫不夜天

2015.6.3. 关山

十五后的月亮

月圆的日子
总在十五那个夜晚
遥远的，红红的
升起在东方的地平线
白云缠绕　星光灿烂

今夜
已是炎热的十八
夜已静，更未残
凝望远方
却见一轮圆月
冉冉上升
星光不再闪耀
鸿雁早已归去天涯

也许
就在这个夜晚
看一眼鹊桥朦胧
听一曲生如夏花
虽不见风影孤舟
梦里依然驶过
一叶红帆

十五后的月亮
早已残缺
却在今夜
远望似团圆
呵！十八之夜
遥远的地平线
悄悄绽放彼岸曼花
仿佛是旷世奇葩

2015.8.2. 关山

试问晚风

最悲壮的晚风
把夕阳吹落
哪怕最后残留一丝云彩
送给山峦一夜离索

风的激情
终究不能相伴
孤独的楼阁
苍茫之星
在夜幕下悄然闪烁

若如风一般疾驰
超越世间所有的善恶
慈航普度几多轮回
我在此岸
何时穿梭苍茫
披挂彼岸的楚楚衣钵

试问晚风
今夜无月无星
可曾带走红尘寂寞
是否摘一颗星星给我
感应寒夜江山寥廓

2015.11.4. 关山

天　真

雨逗留在天空
云化作一缕轻烟
飘去飘来
找不到枯木的春天

听海鸥啼唱
风永远不会停歇
浪花与潮汐
在黑夜里
任凭风雨凛冽

浓雾悄悄降临
赶在黎明之前
那玫瑰色的霞光
在梦乡寂寥安眠

风依然劲吹
把朝晖吹向天边
在这个雨季
夏花滋润了
天真的笑颜

2015.5.28. 关山

听雨的时光

听雨
找不到节拍
风
把记忆的画页拉黑

在杂乱的脑海
搜寻那遗忘的书册
记得儿时
在雨中
牧童走在阡陌

听雨的时光
谁在人流中寂寞

     2015.2.27 下午

温　　馨

那一缕金灿灿的阳光
送来遥远的温馨
那一抹落日残阳
却把寒冷分割
不在星星流动的凝眸
只是月亮冰洁的目光

山遥水阔
难阻孤帆飞越星河
峰回路转
相看昙花一现的红装
梦寻天涯路
莫怨岁月苦短
偶因一回顾
难舍逝水九曲回肠

总要面对
告别红尘无数的温馨
仿佛一叶轻舟
远离碧海春江
把那个梦境
饰若人间最美丽的画卷
独上琼楼
忘却了流年隐隐的情殇

啊！把那温馨的祝福
写满斑斓的粉墙
让三月的春风
送梦之帆
驶向无边苍茫

     2015.1.9. 关山

乌云追赶太阳

乌云追赶太阳
太阳何处躲藏

遥望苍天茫茫
太阳正欲流亡

假如再也看不到太阳
天地从此黑暗
谁伴太阳流亡
生灵长叹渺茫

何不制造一个新的太阳
为天地送来光芒
散发无穷无尽的光和热
我们不再流亡

啊！倘若真的不能制造
就让我燃烧告慰上苍
因为
我不忍看到世人流亡

2015.2.14 晨

无奈的海

秋夜的天空寒雨淅沥
仿佛要把秋夜
变成烟波浩渺的海
鸿雁去了哪里
南方是否有暴风雨

独自伫立窗前
心却飞往天外

苍茫的秋夜
恍若无奈的海
看不到彼岸
那一叶兰舟
依然在梦中徘徊

忽而忆起
如诗岁月的忐忑
可是海子
却告别了这个世界
从此
诗歌如同秋蝉
在寒夜里死去
此生再也不会回来

可是依然向往
那个诗歌时代
或如无奈的海

抬头遥望窗外
秋雨蒙蒙
茫茫一片海
偶见一颗星星闪亮
是否
海子依然活着
穿越在无奈的海

2015.10.5 夜

夏木清笛

那天真无邪的传说
永远属于少年
倏忽逝去的青春之花
或许在很久很久以前

亦然即将到来的炽热初夏
阳光下树木葱郁飞鸟流连
层层林荫塑造了夏日风景
远山近水激荡心灵甘泉

又忆牧童清悠的竹笛
蹚过小桥流水
穿越重重峰峦
手拉手踏青在无垠阡陌
轻风掠过绿色原野
夏木清笛
犹如一个梦境
风中走来那英俊少年

昨天的山　昨天的水
风悠悠　水涟涟
逝水苍茫不相逢
江湖浩渺难遇见

好想！再回到孩提时代
天真无邪

好想！再一次聆听
牧童的竹笛
宁静悠远
仿佛梦里
漫游在黛绿的夏天

2015.4.8. 关山

夏天的故事

夏天的故事
在阳光下蒸发
化作一缕青烟
凝成天上的云霞
等待黑夜到来
相伴流星把夜色点燃

也许
再也看不到任何美丽
那灼热璀璨的情愫
依然在风中流传
萤火虫闪烁的瞬间
星光梦境如此斑斓

最忆沉默的老牛
弯角挂满五彩花环
骑在牛背戏水
跳去跳来瓜绿的青蛙
还有藤蔓　青果　荷花

岁月的轮轴
总是不停转动
来不及回味
所有的故事随风云散
那些寻找萤火虫的伙伴
而今各自天涯
淙淙流水悄然远去
溅起朵朵浪花

呵！夏天的故事
昨夜已经讲完

2015.6.24. 关山

袅袅升腾的白雾
炯炯闪烁的光辉
闭上双眼
仿佛看到绽放的蓓蕾
此时此景
胜却阳光照亮了岸堤

香烟点燃的希望
召唤漫天雪花纷飞
在黎明　在黄昏
点燃生命的灿烂霞蔚

2015.12.23. 关山

香烟点燃的希望

酷冷的寒风
把枯黄的树叶撕碎
路边　街头　林荫道
车辆　行人和雾霾
紧紧相随

再也找不到阳光
饥饿伴寒冷
在体内侵蚀迂回
这个分不清
白天与黑夜的日子
点燃一支香烟
或许能驱逐光阴之凄迷

消　失

随一阵风
消失
不必寻觅
踪影
已在尘世中隐藏

雨　洗涤河岸
经历着千万年沧桑
那一朵浪花
也曾忧伤

夜　风雨不停
可曾入睡
又一个黎明

不愿苏醒
不愿起床
    2015.2.26 下午

星河琴声

昨夜半边月
如同弯弯月琴
在星河轻轻弹唱
却没有听到任何声音

也许
那只是一个梦呓
转眼
月儿躺在层云深处
酣然入睡
仿佛一睡千年
忘却了风雨红尘

也许
世人悟性肤浅
达不到星河圣境
琴声震撼苍茫
我们却默默无闻

今夜再谛听凝神
竟能听到
来自苍茫的琴声
那是天籁之音

她来自天堂
仿佛
那是上帝送来的福音
    2015.2.22 夜

阳光的神话

鸟儿叫了半夜
终于迎来阳光的黎明
雨悄然停息
风吹绿树
摇曳半弯晓月
空照画屏

飞过山峦旷野
疲惫的翅膀颤动不停
飞向太阳升起的东方
面朝大海
万丈豪情

阳光从未熄灭燃放
漆黑的夜晚
问君何处追寻
日出日落
还有多少个轮回
安知几时
阳光永恒照耀
人间永恒光明

纵然这是阳光的神话
生灵的祈祷
永远阻挡不住
黑暗降临
假如
再造一个太阳
轮流旋转在天庭
浩渺尘世
从此阳光普照
万类归心

可是
谁在怀念
漫漫长夜如梦
沧海霁月袅娜娉婷
灼热阳光下
寻寻觅觅
那颗记忆的流星

    2015.5.30. 关山

一千年的玫瑰

一千年的玫瑰
天涯何处可见
不在红尘滚滚热流中
却在寂静无声月光下
绽放
不见芳菲迷眼
璀璨

难得笑影回旋

或许
这是前生眷恋
萦回在喧闹的人海
或许
这是来世钟情
偶遇在苍茫的人间

你可曾种下这棵玫瑰
此生不会回报
甚至不可一见
你可曾步入玫瑰花丛
能否看到隔世之芳笺

如果
乍然摘下一朵
无论殷红
还是嫣紫
也许是前生播种
渺渺红尘此刻相见

如果
你一无所获
满目缤纷视而不见
何不种下一颗
一千年后或许会相见

    2015.12.21. 关山

又一夜

七月的雨洒满峰峦
一弯弯水一丛丛绿草
芬芳了梦中的江南
今夜有雨　雨洒荒原
风从东方吹来
谁走在暮霭中
望夜色阑珊

看惯了独自星空的云彩
即使在深夜
依然自在纵横
假如　那一颗流星坠落
飘入远方高竦的楼台
你是否把它捧起
珍藏在记忆的红帆

夜风轻轻吹
几丝凉意几丝零散
那星空的云彩悄然漂移
仿佛去唤醒沉睡的晓岚

2015.7.8. 关山

鱼　水

如果君若一条鱼
从溪流游向江河
穿过滚滚波涛
进入滔滔大海
在风雨彩虹中
欣然涅槃
凤凰展翅
凌虚直上扶摇
浴火重生
化作那颗星星
把人间照耀

如果有一天
江河枯干
大海瞬间成为山峦
苍茫大地
从此告别云雨
万里江山
风光不再妖娆

如果真的到了那一天
君是否穿云破雾
飞越九万里凌霄
钻木取火
把浩渺星河燃烧
让满天云朵

凝结成玉露甘泉
飘洒在原野琼楼
大千世界
又回到繁华梦境
雨润花娇

啊！如果这是真的
我愿变成一条小鱼
在风雨彩虹中
畅游无尽春潮
　　　　　　2015.6.12. 关山

在武汉
再一次看海

炎夏的武汉
骤然来了一场暴雨
沸腾的江城
瞬间汇集大海波澜
奔驰的车流
乍然成为
茫茫大海之小船

今生有幸
赶上这趟雨中车旅
奔跑在风雨中
车轮犹如转动的船帆

风迎面扑来
雨雾幻若五彩虹霓
既然没有阳光
哪怕一直等待
相看茫茫夜幔

这是梦中的江城
仿佛是一个童话
偶听到无奈的歌声
那是满心的苦涩
还是孟浪的灿烂

啊！在武汉
再一次看海
谁愿意此刻笑谈
君不见
苍茫大地
天蓝海蓝
　　　　　2015.7.23 晚　汉口

哲域的困惑

独自梦游在浩瀚大海
找不到边缘
也没有起点
那一群海鸥翱翔
那一片浪花飞溅

究竟走了多少天

多少年
恍惚只在瞬间
从初始的混沌
坠落在陌生的地平线

大脑不再属于自己
蓦然进入思维的盲点
看不到任何标志
也不知道回眸自省
抬头仰望天空
偶见流星的慧眼

伴随浪花的节拍
仿佛梦回断桥残雪
五月的鲜花绽放在星夜
依稀尚存飘零的绿叶

记忆的那片海
早已蒸腾到沸点
把世间所有的一切
煮熟成最后的晚宴
请君举杯
开怀畅饮
酣醉漫漫长夜
将与红尘诀别

让生命不再运动
也许能解脱
滔滔相济万劫
犹如哲域的困惑
徘徊在有限时空

什么也不思念

那空旷的海
那蔚蓝的天
还有
海鸥　白云　鸿雁
流星　残月　彼岸花
燃烧午夜梦魇

2015.6.18. 关山

自然风

从遥远的天边吹来
吹绿了春天柳岸
吹暖了夏日江河
百花为你
付出了毕生韶华
太阳也曾被你悄悄吹落

来自原野
来自旷古
走遍天涯海角
为了那个童话的传说
欣然奔赴来世之约

总有一天
秋风萧瑟
冷雨满寥廓
直至雪花飘飘

冰封万里似刀割
可是
你依然等待春天
梅花开处楚天阔

呵！来归自然
去无寂寞
从容来去白云天
何惧千山万水离索
再上琼楼远望
鸿雁飞越湘鄂

2015.5.12. 关山

悠悠走近
却不能给你激情温暖

你是否还在等待黎明
太阳从海岸线冉冉升起
我把梦之阳光保留到最后
假如
在春天到来时重返花丛
渺渺红尘
你可曾回眸一笑

2015.12.2. 关山

最后一缕阳光

把最后一缕阳光
送给你
不要嫌少
在这个寒冷的季节
我已燃尽全部的焰苗
星河无边
我还要去寻找遥远的北斗

你是否也曾期待月亮
在黑暗的夜空
乍然清光滞漏
亦暗亦明
偶尔可见点点光标
恍若尘土中的几粒冰豆

第七章　在林间一溪春水

白痴的真理

已经到了
时空颠倒的时代
春天的原野开满了夏花
一群疯孩子牵着羊和狗
恍惚踏青，恍惚放牧，
恍惚种瓜
难道到了白痴的岁月
到处绽放奇葩
若如彼岸花延绵不断
连接起天堂人间

那个白发老者
依旧静静端坐
迎接朝阳，送走晚霞
远望，仿佛一座古塔
偶尔转动一下双眼
天空下起流星雨
俨然末日来临
谁相伴去来世漫游
寻觅"真理"的残渣

那个白发老者
此刻已酷似白痴
记不得过去
找不到家山
谬误如同鲜花盛开

真理却化作一堆泥沙
让浮生随那落日西下
永别了！白痴的真理
如同朝露
瞬息蒸发

     2016.4.14. 关山

彼岸花的咒符

留不住一帘春色
转眼夏雨蒙蒙
流星月夜遨游苍茫
独赏彼岸花红

翌年渺然桥上走
来不及回眸
君去桥西
我往桥东

恍惚走过多少岁月
似水流年太匆匆
君还是天真的孩童
我已成杖藜老翁

阳光灿烂的日子
徘徊在记忆的时空
君正沐浴春雨
我却踯躅秋风

此刻，无垠的原野
绿叶花朵迎风摇动
君在寻觅花季的芳菲
我却暗自思量
何处有荒冢

啊！让我们去采撷
那娇艳欲滴的蓓蕾
片刻醉入花丛

此刻
我奉花朵
君执绿叶
花和叶
却永远不能相逢

2016.6.17. 关山

表　达

所有的意念
都不须话语表达
只听风声雨声
连接云海波澜
远去的春光
空照碧水一潭

守不住大江涛头
毕竟滚滚东流去
何时再回还

等待榴花耀眼
却不闻芬芳璀璨
谁在夕阳残照中
独自凭栏

南归的雁
翱翔暖暖阳光下
可是
秋风萧瑟之日
尽往天之南
千呼万唤
穿越白雪皑皑天山
面对苍茫
摇旗呐喊

最后的期许
何必表达
仰望
天蓝蓝
远眺
海蓝蓝

2016.5.10. 关山

采　撷

冬云凝成的冰山
在春风中瞬间消融
徜徉于峰峦山谷
采撷一束野花绿草

仿佛看到春之芳容

听鸟啼唱
蓦然回归孩提梦中
攀上树梢
感悟阳光在脚下奔涌
折几串藤蔓
让老牛披上芬芳的斗篷

儿时伙伴
奔跑在旷野
俨然一群快乐的仙童
正是山花烂漫时
采撷　采撷
我们将收集万紫千红

采撷　采撷
把鲜花和青藤
编织成世间最美丽的梦
我在梦中
你也在梦中

2016.3.2. 关山

苍蝇与凤凰

寒冷的日子
苍蝇在角落里躲藏
冷云层层
凤凰却在九天之上

展翅翱翔

其实
我也想去九天翱翔
只是命运坎坷
上帝给了我如此模样

假如
你还有微薄的理想
还心存一丝善良
还在珍爱生灵的平等
还惦记春花秋月的安详

你给我一线光明
给我凤凰一样的翅膀
我会飞往云霄
飞向天堂

其实
我总在尘世之上
美丽的羽翼
颤动着人间辉煌
从未忘却涅槃的痛苦
红尘中
我不敢藐视生命的力量

假如
你给我再生的理念
飞向云霄
看大江东流浩浩荡荡
我并不渴望天堂

我祈祷快乐地久天长

我们都是
尘世的一粒泥土
万物造化
终于成为
生命的浪花一朵
那苍蝇的双翼
也曾晶莹剔透
那凤凰的双眸
也曾灼灼闪亮
假如
浴火重生
再度嬗变
我们都向往
披上金色的翅膀

2016.1.12. 关山

穿过暴雨的光芒

暴雨又来了
没有信息
也没有提前预告
在风的欢呼声中
凌驾苍茫之上咆哮

阳光被震慑
悄悄躲进云层里
不管风多高

雨把天地颠倒
它什么也听不到

明天
黎明是否还会来临
是否还有风暴
阳光
是否真的在暴雨中
丧失了所有的
热烈和骄傲

雨在烧
风怒吼
穿过暴雨的光芒
去照亮茁壮的苞茅*

2016.5.9. 关山

苞茅*：是南方的一种茅草，又叫菁茅。苞茅草盛产于荆山山麓，楚王在这一带立国之初，周天子让楚人上缴的贡品，就有这种茅草，主要用于缩酒祭祀。

匆匆人生

来时
春风吹拂白云
鸿雁翱翔
俯瞰人间无限风景

芳正浓　颜更妍

归去
秋色染尽风尘
海鸥飞处
忍顾此岸恋恋难分
酒未冷　夜已深

来去匆匆
几度春风秋雨醉花阴
曾凝神聆听
彼岸动人的歌声
夏荷似雪
冬雪如云

　　　　　2016.9.11. 关山

等一场春雨
我等着

春天来得正好
原野就要绽放鲜花
阳光下　白云的身影
乱了杜鹃乌鸦

等一场春雨
遍地吐露芬芳的嫩芽
我等着
你从南方带回快乐的鸿雁

送别了冬天的雪
村边的小河
依然流淌着泪花
去大海
我把春色送到彼岸仙山
海的女儿
早已煮酒
斟满三百盏

等一场春雨　我等着
不是为了那个
春天的童话

　　　　　2016.2.26. 关山

蜉蝣之恋

已不知朝朝暮暮
恍惚只是瞬间
看见太阳冉冉升起
却不能回到黄昏的家山

对这个花花世界
依依不舍
在水波漂游中
完成唯一的生命繁衍
朝生暮死恰如黄粱一梦
转眼别离
此生再不见你的眉你的脸

祈祷爱之梦地久天长
携手天涯海角直至永远
当太阳照亮无边苍茫
我却成为飞鸟鱼虫的盛宴

无数次凝眸仰望长天
我的时空车轮
奈何如此短暂
风语传说天命不可强求
潇洒走一回
可怜命薄福浅

当夕阳燃尽最后的光焰
熊熊火烧云若如蜉蝣之恋
谁对我怆然挥挥衣袖
假如来世
相聚波澜重相见
生死不离别
相守五百年
韶华似露，麻衣如雪
　　　　　2016.6.3. 关山

孤　岛

去哪里寻找自我
世界太浩阔
找不到回家的路

路遥遥

四野长满荒草
自我，只是一座孤岛

孤岛在波澜包围中
前面是大海
后面依然是大海

大海
包容了世间所有
海鸥在翱翔
海鸥要去哪里
　　　　　2016.7.9. 关山

故　事

把所有的现实
变成故事——传说
已经发生的
赶快贮存激活
正要发生的
打开摄像头现场直播
这个奇葩变异的时代
一切变得离奇
不可思索
汹涌的洪水
或能击溃万里堤防
可是
永远改变不了
世人早已扭曲的浮躁衣钵

风息浪止
依然可以眺望滚滚洪波
太阳骄傲燃烧在天空
仿佛要把大地烤干烧灼
七月流火
如此火热
所有的故事
或许要在凤凰浴火中
得到永恒的超脱
2016.7.25 晨

黑　雨

在这个黑暗的夜晚
大雨欲把天地淹没
所有的生灵都去躲藏
唯见闪电划破寥廓

蕴藏了千万年
只在瞬间凌空跳跃
像个玩命的天使
匆匆到来周天混浊

又闻闪电又听雷鸣
颤抖江山不再寂寞
朦胧的峰峦沉浮沧海
是否等待诺亚方舟
把你从梦魇中解脱

这是一场黑色的夜雨
洗涤翌年深重的衣钵
也许黎明太遥远
还没来得及苏醒
太阳早已颓然凋落
2016.4.5 夜　关山

红日的遐想

红日的光芒
照在浩渺江上
再也看不见渔舟帆影
只听到颤抖的汽笛
牵引空旷的荒漠

曾经燃尽冰雪寒霜
迎接黎明
万朵霞霓飞溅东方
面向大海
我自豪情万丈

如果化作那一轮太阳
我将日夜不停奔忙
从此让世界告别黑夜
所有的星星伴太阳一起闪亮

如果还没有足够的能量
那么再点燃那羞怯的月亮
只要还有照不到的角落

我将穿越时空永不返航
2016.4.11 晨

忽晴忽雨

这个世界
所有的一切
全部颠覆

忽而晴霞
阳光从云缝中
露出半个脸
瞬间飞临大地
风尘仆仆

忽而欲雨
乌云从天空翻腾
凌虚而下
恍若苍天又要痛哭

在这个
忽晴忽雨的日子
再也不知道
什么时候笑
什么时候哭

再也分不清
该对谁笑
该对谁哭
2016.7.21 上午

花落在日暮

这是人间
最美丽的四月天
季节飘花雨
欲迎彩蝶翩翩
追赶太阳西沉
丛林中偶见一片杜鹃

太阳已归去
日暮独望天边
风吹动一堆浮云
纷纷飘坠
犹似落花
在黄昏　在田间

再也看不到农夫
更找不到天真少年
无奈的芳草
寂寞生长在原野
风一阵　云一片

花落在日暮
雨洒在明天
等待黎明醒来
可否重游？
人间四月天
2016.4.13. 关山

荒芜的桀骜

半山的荒芜
就要取代
春之流芳
夏之喧闹
萧瑟的秋风
将要吹拂
泛滥的尘埃
狂乱的蓬蒿

不曾想
一季春韵
会带来半世惊涛
不曾想
一朝浓情
将滋长三生梦耗

总向往
满天红云
漫卷柳絮花朝
总向往
遍地香梅
招摇瑞雪洪波

此刻
踽踽前行
却面对四野荒芜

经天纬地
等待收获枯草灰茅
关山沧海
黯然独赏落日残照

仿佛
孤独的行者
仅得到
半杯浊酒一裹破袍
仿佛
旷世的游客
仅收取
半碗残羹一剪弯刀

此刻
目送夕阳远山
消受晚霞滔滔
此刻
沐浴暮霭如潮
湿润双眸睫毛

此刻
毅然煮酒蓬蒿
不论英雄沉浮
将那半弯残月
铸造今世的艨艟
振臂呼风唤雨
紧握戈矛
驾驭奔向春天的桀骜

2016.8.15 晨

江山如梦

千百年历史沉浮
繁华几度
醒来望窗外
一缕阳光依旧
听鸟歌唱
知是春秋笙箫
还是汉唐丝竹

史海钩沉
恰似一江春水东流
此时若重上黄鹤楼
遥望山水纵横吴楚
知是浮云
还是不朽

忽见鸿雁翱翔云霄
苍茫何寂寥
江山如梦
凌虚且作神游
知否孤独

　　　　2016.4.29. 关山

腊八的祈福

腊八节
在寒冷的冬季
微风细雨
欲迎接阳光灿烂
先哲之光
召唤圣灵的福祉
温饱儿孙酒肉茶饭

采撷夏秋的丰收果实
做成五颜六色的美餐
众仙莅临　储神跳傩*
嘉平　清祀　大蜡*
七宝五味何其乐
八仙九鼎十万家
何不煮酒酹歌
叩拜佛祖成道
此日慈航挂锦帆

世间万般皆苦
人生处处险滩
若梦遇牧羊女
乳糜相关
菩提树下佛光照
凡身成化到仙山

而今腊八

冷雾寒风叠加
阳光隐约若泥沙
谁与举杯
贺一曲酒色红尘人家
　　　2016.1.17（农历腊八）关山

傩*：古代驱鬼避疫仪式。

大腊*：即腊八，夏代为"嘉平"，商代为"清祀"，周代为"大蜡"。

来自他乡的雨

这不是家园的春水
哗啦啦若如陨石般坚挺
这是来自他乡的雨
纷纷扬扬得不到片刻安宁

也许
它在传递遥远的音讯
外域的洪波汹涌
早已淹没鲜活的生灵
也许
它在召唤此岸的过客
此刻驾驭诺亚方舟
拯救鸡犬相闻的芳邻

不要再去回味
春天的故事何等荒谬
尤甚寒冬的冷雪飘零

已经到了夏天
瓢泼大雨倾盆而下
教人顿悟
沧海桑田的黎明

这不是梦中向往的喜雨
清晨再也看不见太阳
那喷薄欲出的流动玉屏
恍惚乌云伴雾水泼墨
抬头端倪
天地一片蒙昧昏暝

呵！来自他乡的雨
将折服天下庶民
发誓将全部的
美与丑　善与恶
混合成夜宴的画饼
醉罢　醒罢
浩浩然逝水苍茫
星梦何处寻
　　　　　2016.5.15 晨

冷风从天边来

从遥远的地方
悄然而至
世人还没有看清
你是惊艳还是骇世
却早已被冰冻

感叹万劫不复的极致

可曾在遥远的天边
那个冰河的预言
复活了混沌的尘世
当春花秋月的笙歌
依然萦回在耳边
梦之锦帆却离我而去

独步河畔
望半空的太阳
恍若一只没有熟透的柿子
挂吊迷蒙的眼帘
让人感觉不到一丝暖意
假如幻灭
在黄昏的柳岸
我将默默点燃枯叶残枝
悠悠闪动的火焰
或许可以苏醒冰河的鱼儿

冷风从天边来
催人向春天奔驰
时空焉能阻遏
梦在晨鸡报晓时
贻笑君不知
　　　　　2016.1.23 下午

没完没了

没完没了
如同这个夏天的雨

2016 之夏
在江城，在江南
在川黔，在赣皖
在湘粤，在中原
在江浙，在闽台……
世人领教了
雨，没完没了

啊！还是回到自然
返璞归真
又一轮天谴洪荒
我们不要诺亚方舟

上苍！
不要没完没了
我们把这个
物欲横流的尘世
还给您！
请收下……

我们想去另一个
美丽的世界
共享安然

雨，依旧
没完没了……

      2016.7.20 上午

没有阳光的空间

天地在阴霾的笼罩下
完全进入混沌
白天与黑夜早已混乱
望不见星星闪亮
看不到阳光照耀
只有无边的烟云水雾
阻隔着此岸与彼岸

颓然启航网海
黑客和插件在桌面流窜
惶惶然打开网页
魑魅魍魉把虚拟世界垄断

这是个没有阳光的空间
就像看不到光明的江畔
偶见轮船乘风远游
是否会与"东方之星"*做伴

再去你的空间走走
再去大江之滨看看
也许在不经意间遭遇
一线光芒瞬间映照
一颗流星刹那闪耀

那是太阳的使者
那是天堂的彼岸

      2016.1.16. 关山

 *：指2015年6月1日21时30分，隶属于重庆东方轮船公司的东方之星轮，在从南京驶往重庆途中突遇罕见强对流天气，在长江中游湖北监利水域沉没。

梅花屋

嗅到梅花的芬芳
快点行动
汇集到这里
不要犹豫
让璀璨的阳光
把快乐留住

不要回忆
那凄怆的考场
仿佛一个梦魇
演绎青春的悲剧
忘却吧！
那已成为过去
永远的过去

快来梅花屋
守望花儿绽放

融进自然的怀抱
青山绿水
这是生命的终极住处

怒　放

抛弃那一堆一堆
陈旧的纸片　　　　　　　　　春天过去
在自然之母面前　　　　　　　却带不走春色无边
一文不值　　　　　　　　　　怒放
曾经写满理念　　　　　　　　不仅在春风中
如同一缕烟雾　　　　　　　　而且在炎炎夏天
随风吹往天边去　　　　　　　若如石榴花开
　　　　　　　　　　　　　　红透了湖畔柳烟

快来吧！
一起种花，浇草　　　　　　　时光教人忘却季节
听蝉鸣蛙唱　　　　　　　　　分不得桃李或杜鹃
梅花屋　　　　　　　　　　　季风吹乱了飘逸秀发
汇集着　　　　　　　　　　　看不清靓女或少男
新生，纯真　　　　　　　　　迎面走来熙熙攘攘人群
欢笑，情趣　　　　　　　　　找不到豆蔻或老者

清风明月之夜　　　　　　　　也许到了癫狂时代
一起去追逐萤火虫　　　　　　怒放
那一闪一闪的光环　　　　　　已成现实
点燃黎明的云朵　　　　　　　不再是传说
绿了生命之树　　　　　　　　夜莺歌唱时
　　　　　2016.6.24 晨　　　夜来香舞姿翩翩
　　　　　　　　　　　　　　怎抵及昙花一现
　　　　　　　　　　　　　　荷塘水涨处
　　　　　　　　　　　　　　满眼绽放香莲
　　　　　　　　　　　　　　鱼儿追逐流水间

啊！何等顽强的生命
怒放在天上人家
山水纵横
鸿雁款款翱翔
风尘飞入九天

2016.5.25. 关山

翌日归去
甚至看不到
飞蛾扑火之大观
悄悄然湮灭
红尘真好若一梦
不留半声叹息
不见沙土荒塚

2024.4.29. 武汉

问　蚕

一针一线
为自己缝制一件软甲
千丝万缕
织成囚禁此生的牢笼
青青桑叶
春雨春风
为谁？耗尽全部
滚滚红尘点点空蒙

终将抽丝剥茧
望不断的纤纤丝线
制作五彩锦衣
穿在伊人之身
刹那间万紫千红

化作飞蛾的日子
倾尽毕生之欢
双蝶双栖
留下无数子孙
生生不息无尽无穷

秋　波

浅握的彩笔
深深陷入摇曳的清波
水草缓缓流淌
流不走徘徊的月光
如诗如画满乾坤
且放绿袖珍藏
浩浩然一江碧涛
默默缠绕锦绣山河

恍惚梦中
凌霄飘来月光美人
漂移波澜深处
凝神远望
那里曾是你的故园
还有久别的阿哥
月光共波澜徘徊
清影缥缈婆娑

你看那匆匆忙忙的人呀
在路上
来来往往穿梭
人间多少过客
如同昨夜遇见的游僧
此刻却端坐蒲团
叩首阿弥陀佛

那远山古寺庵堂
暮鼓晨钟悠悠敲响
青灯黄卷
怎抵及儿女情长
年年烟雨依旧
花开柳谢
留下眷恋几何

一湖静水
终难载满月篷舟
淘尽四海风波
安得夜雨越长堤
谁驾篷舟
自往江湖折香荷

离去此水
再不记故乡他乡
韶光照影
霁月流芳
恍若江南桃李艳
彩蝶飞来一身香

渔歌轻棹

仲夏正值好风光
山重水复
千年往事焉能忘
伫立暮霭
送一叶红帆
渐行渐远醉夕阳

踏着夕阳归去
指点万里江山如画
岁岁柳色断肠
君往何处？
作别波澜泪几行
追梦的路长
相思的梦长

2016.7.19 晨

燃烧的雨

在黎明之前
黑暗笼罩天地之时
从天而降
漫天遍地
仿佛在沸腾
啊！燃烧的雨
在这个暮春夜
骤然而至
在水与火的焚情中
进入炎夏之门

时光荏苒
转眼到了雨季
送走花朝
去迎接太阳神
暴风骤雨
若如漫天飘落的火种
把新世界生成
在火一般的洪波里
燃遍这个灰暗的清晨

仿佛天被点燃
地在发烧，海在升腾
整个世界，整个宇宙
瞬间燃成一个火团
风逐雨势，雨汇浓云
站在凌霄之上俯瞰
啊！好一个快乐人间
梦中的城
恍若那团火烧云
弥漫在江城

燃烧的雨
尽情飘洒纵情自焚
让你和我
天下苍生
在水与火的融合中
化作新世界的神灵

2016.4.20 关山

人类似只可怜虫

踽踽一只虫
爬行在滚滚车流中
稍有不慎
就会化作一抔沙土
消失在渺渺风尘中

这是一个悲情时代
用所有的鼎力创造
造就了人类的悲剧时空

遍地的花草
孕育荼毒的虫蛹
繁茂的青禾
果实却要生民绝种
飘逸的彩云
不再为智慧生命颤动
堕落的流星
彻底打碎湛蓝的梦

任凭飞船穿越寰宇
任凭快车突破黑洞
可是，流星雨
已化作黑冰
月亮船
再也看不见牧童

我们的身躯被压垮
我们的大脑被掏空
我们的思想被亵渎
我们的灵魂被租用

可怜的人类
百万年含辛茹苦
沧海桑田几度轮回
终究收拾得黄粱一梦

回眸千秋万古
历数春夏秋冬
试看今天的人类
怎的变成可怜虫？

在变幻莫测的大自然
或许
瞬间蒸发无影无踪
在风骤雨狂的黑夜
或许
等不到黎明的彩虹

啊！人类
一只可怜虫

2016.6.13 晨

日暮　雨依旧

日暮，依稀细雨
轻柔
从云霄飘落
犹恐
打碎纤弱的头颅

风冷冷，雨悠悠
是否？
从暮春之夜
进入凉秋
丢失燃情的夏季
忘却
那汹涌而至的涛头

风不会停息
柳叶儿垂下眉梢
那淅淅沥沥的雨滴
仿佛泪珠悄悄流

早已没有阳光
这个没有阳光的日子
犹胜秋愁
雨点
轻轻拍打波澜
不弃不休

偶见
一只鸟儿飞过柳岸
无影无踪
可曾飞到彼岸
寻觅梦中的芳洲

日暮，雨依旧
冷风吹过乌篷兰舟
恍若今夜进入凉秋

真是！天凉好个秋
秋水伊人
伫立梦之方舟

2016.4.17 夜

日　暮

总在这个时刻
太阳去做深沉的反思
星星和月亮
庆幸自由的夜空
梦呓说痴

送走一轮又一轮夕阳
却不曾相望
日升之时
暮春的童话
恰似柳絮如雪
风中片片斜阳
万缕千丝

若在日暮时分
远眺落日流金
问君此景何时
伸手拥抱

金山奔来眼底
只在瞬间迟迟
走在夜色中
依然两手空空
归去来兮

2016.4.10 夜

射日之悟

后羿的传说
已成不朽
当九个太阳被射中
坠入大海
可怜那三脚的乌鸦
漂移在波澜之下

最后一个太阳
是否在前夜
也被射下
谁是后羿之子
要阳光别离华夏

连日阴雨
四野雾霾
天地茫茫一片浑然
找不到太阳的身影
看不清流光的衣衫

天连接海

海水升腾而上
远望
灰暗的天空
何处寻觅玉宇仙山
射日之悟
终究是物极必反

去创造一个太阳吧
或者补天
不要让弥漫的雨水
湿透最后一件裙衩
2016.5.29 晨

去数星星闪亮

当此岸的人们翘首以待
彼岸的方舟是否启航
当一同登上救赎的乌篷
奔向远方
告别心海的那片荒漠

谁倚天举剑
呼唤女娲一同前往
天苍苍，海沧沧
望不穿天地两茫茫
2016.5.27 晨

谁可补天

连日风骤雨狂
呜呼！天已破
潇潇洒洒自寻常
问世人
谁可补天
救我凡夫俗子
去看久违的骄阳

这里没有夏天的景象
热烈与喧哗
仿佛已成记忆的围墙
我被阻隔在雨季
去感悟天谴洪荒
你可曾在夏夜

神　圣

绝非神的圣旨
而是来自心灵的尊严
在这个冷酷的世界
因为神圣
抛弃所有的眷恋

几曾信誓旦旦
为了那个虚无的梦魇
任凭风雨凋落
天涯漂泊凡夫
舍得　得舍
有舍方有得
可耶？

假如全部舍去
仍然两手空空
无花亦无叶
怆然枉对苍天

然而
为了心中的神圣
宁可
功名得禄作尘土
春华秋实化云烟
向远方
沧海横流
风月无边

2016.5.19. 关山

水　　草

许久许久以前
这里烟波浩渺
生活在这片碧涛之中
快乐无忧
阳光如此温柔
鱼虾在四周嬉戏漫游

守不住时光轮轴
星移斗转
不知什么时候
水变得混沌
鱼虾纷纷逃亡

从此孤独生长
找不到同游
这一泓污泥浊浪
写满萧瑟离愁

忽见阳光灿烂
两岸柳絮飘飘
一场暴风雨洗礼
闪电雷鸣过后
惊喜看到碧水绿波
又回到从前
那明净清澈的水流

这个月光之夜
星星纷纷来访
一起笑谈春秋
那群活泼的鱼虾
欣然故地重游
从此
不再别离
不再远走
那闪闪的星光
照亮了黎明的岸丘

从此　快乐无忧

2016.6.24 上午

思　量

世间万物
竟不同吾所思量
恰如春江潮水
选择各自奔腾的方向

舍不了花开的朝露
流连绚丽欲滴的夕阳
当夜风送来冰冷的月影
梦里伴星星去苍穹流亡

这个季节毕竟很短
湖畔柳絮舞动霓裳
来不及仔细品味芬芳的娇蕾
金黄的果实却已经瓜熟蒂落

读圣贤之言总想不朽
迷情的风景展示在网络
千言万语竟无人领悟
一句道白却淹埋了无数微博

当曲尽人散
四野仅留下凄凉
大梦醒来
谁在晚风中独自思量
沉沦的脚步
赶不上最后的晚宴

枯寂的心海
早已化作一片荒漠

2016.3.28 下午

颂读史

五千年风雨
汇成一首交响诗
在耳边吟诵
风生水起
春潮汹涌

时光焉能轮回
感悟舜尧明君
奏响太平世钟
然夏桀暴戾
鸣条干戈
败归于荒冢

观乎经史
纵横春秋争霸
狼烟群雄
始皇挥剑
天下终成一统
创中华旷世奇功
百川归海
万流归宗

追忆先哲
携圣人之典

"论语" "中庸"
夜读诗经楚辞
千年华夏与共
黎明到来之时
心随阳光能动

伫立琼楼玉宇
万里烟云咏史踪
江南丝竹
杨柳羌笛
融合诗词唐宋
趁此良辰美景
携手重回"红楼梦"

聆听
远方笙歌又唱响
爱我中华！
"风" "雅" "颂"

2016.5.18 凌晨 关山

太阳的归宿

总想太阳永不落
无论天涯
无论海角
太阳是永恒的眷恋
离开你
我们将无所寄托

可是，太阳
难道你能离开我
无数的星星
唯有地球
才是你的衣钵
假如没有地球
太阳的光芒
只是白白耗尽能量

宇宙日夜转动不停
苍茫多少悲欢离合
假如，太阳找到
新的生命宿主
地球找到
新的光热之河

那么，就要诀别
从此不再互相依托

呵！太阳的归宿
究竟是你
还是我？

2016.7.22 晨

忘却的光芒

连日风雨
忘却了阳光
当一片朝霞飞临

恍惚进入蓬莱仙境
何处是人间
此时芳草遍地
鸟鸣林荫

风景这边独好
漫步在迷离的暮春
哪怕风光一夜殆尽
只为那光芒燃烧的一瞬

世态如此轮回
过了一秋又一春
问何时把人间道路走尽
谁想早点去看最后的风景

阳光依然动人
我却不敢抬头
正视红太阳的光晕
世人早已忘却的光芒
至今依然照耀黎明
点亮黄昏

也许在梦里
会遇见太阳神
一步一步向我走近

    2016.4.19. 关山

无脑的思维

一片树叶落下
只因风的力量太大
枯树无关
莫问是否生根开花

偶见一朵浪花
穿行在江河山涧
逝水何干
大江日夜流
流向塞北还是江南

面对芸芸众生
满桌摆放弘著大家
一本又一本
三生穷尽永恒
却不知诸君所然

呵！无脑的思维
统领着当今天下
任凭岁月如梭
闭目心地坦然
……
无脑的思维
君自等闲
我亦等闲

    2016.3.25 上午

无因果

这个奇妙的境界
原野
开满五彩缤纷的花朵
春天已经到来
若如梦游
去踏青　走荒坡

采撷一朵野花
在无人的山涧
清流自在流淌
走进丛林
听鸟儿快乐歌唱

山色璀璨
满眼绿叶满眼花朵
偶忆孩提时光
放牛的伙伴
编织野藤花环
戴在头顶
犹胜霞光万丈
折一束野花
送给邻村的女童
酷似春天的新娘

看花开在山野
流水漫过小河

终究不能约定
春天的花
必将结出秋天的果

叹岁月易逝
光阴如梭
转眼孩提长成了小伙
转眼华发银丝
装饰成老翁的蹉跎

依然去踏青
却是孤独的行者
不见旧时红装

依然去采撷
此刻却不见一粒果实
只是落花的寂寞

依然去寻觅
世间百态若梦
皆为无因果

2016.3.27 晨

永恒的轮回

我们的生命
有多少个轮回
譬如朝霞云彩
恍若日暮雾霭

送走春天
迎来夏晖
徘徊金秋
流连雪花纷飞

试问苍茫
宇宙运行始终
何处是岸堤

假如太阳停止转动
可曾遇见隔世芳菲
假如春色盎然不改
四季花香为谁举杯

我们的生命
有多少个轮回
从春秋走到冬夏
放眼扑朔迷离
绿叶　果实
冰雪　蓓蕾
可否在最美的境界
怒放永恒的轮回

2016.5.24. 关山

与风雨对话

连日风雨倾盆而下
下个不停
是否要把世界淹没

斯人临窗感叹
海天沧沧
云水茫茫

啊！苍天
可否把南方雨水
调往西天
调往北方
让那一片一片的荒芜
变成绿洲
让黄土地上的人们
从此告别沙漠

或者，直接注入甘陕
注入京津唐
注入罗布泊
注入热河
从此，不再南水北调
从此，南北子民
同煮天之云雨
情融汤汤

此刻，走进风雨
直上高楼
方恨高楼千万丈
太矮！
不能让我走进苍茫

此刻，我欲腾云驾雾
直面龙王
啊！龙王

可否留一酌天河之水
贮存在云湖
待明年，后年……
更遥远的时光
当地上的人们
浴火涅槃之日
你再倾盆而下
装满大江大河
浇灌天下九州
湿透我的衣裳

风雨中
听我轻轻歌唱

　　　　　　　2016.6.27 晨

雨的包围

夜色阑珊时
风雨飘逸雾霁
那一片归隐的云彩
已被冷雨包围

树丛中的小鸟
悄然躲入楼阁亭台
任凭花儿在雨中
湿透了粉黛蛾眉

脱去这身薄衫
告别阳光下的蓓蕾

假如我冻死在春天
你是否还要等待雁回

夜无星月破碎
远岸峰峦凄迷
总在暮色苍茫时
直面雨的包围

　　　　　2016.3.8 夜　关山

雨后残阳

那一帘春雨
已被雾霁带走
穿云破雾
走过了浩渺苍茫
乍然来到窗前
偶见几分凄凉

在这个春天
你已经衰老
是否
放射不出充分的能量
黎明之后蓦然凝望
恍惚窥见黄昏的残阳

你真的老了
步履蹒跚白发苍苍
真的蜕变成枯骨的老翁
冷风吹动这一身

披挂了千百万年的破旧衣裳

走过漫漫岁月
也曾被冰雪掩埋
也曾被天狗吞噬
也曾被沙尘覆盖
也曾黯然神伤

而今
从晨风中归来
早已疲惫难当
甚至找不到
那身破旧的衣裳

走进春天
沐浴漫天风雨
抬头望普天下生灵
赤裸裸……

祈祷上苍
再造一轮新的太阳

2016.3.10. 关山

雨　颂

好想为你唱首歌
但你
延绵不断的多情
已经摧毁

那柔柔如雪的梦境
在连续看海的日子
我四处寻觅
诺亚方舟

是否？
要把千万年的苦水
一夜之间
向我倾诉
我真正可以承受
但我脚下的土地
却开始了
桑田变沧海的超度

此刻
我站在孤楼之上
遥望四野
天连接海
茫茫大海无船渡
我真想
送你回到故土
从此再不要
来到我面前
从此再不要
想我！
如果爱我
你还是离开
我要把世界拯救

让我为你歌唱！
滋润万物

带给我们
水月镜花的情愫
与阳光相遇的岁月
创造了
普天下生生不息的符咒

让我为你歌唱！
在阳光明媚的时空
把你化着——
一江春水
一湖美酒
一杯蜜汁
畅饮！酣醉！
相逢金风玉露
不醉不休

2016.7.6. 关山

雨夜街头

雨　悄然而下
分不清阴霾或夜雾
雪花去了遥远的岸
可曾追上春天的脚步

街头　匆匆忙忙的人
不知往何处沉浮
眺望朦胧的灯火
可曾听到儿时的欢呼

如果　看见一闪流光
疑若蓝色的妖狐
那光焰闪烁的尽头
可曾回到梦中的西湖

雨夜街头
是否遇见雪花的歌舞

2016.1.4 傍晚

远　方

遥远
仿佛永远没有尽头
奔向彼岸
山高路远

无休止前行
这不是表演
蓦然回首
方知
再也回不到起点

还是一往无前
蒙昧
更难体现生命的本能
从来不知道
从哪里来
何必去问
哪里是终点

万物长流
不会等待最后一面
生活是不可复制的
现场纪录片
来去匆匆
漫漫长夜难眠
谁惦记你的眉
思念你的脸

前行！
不要问路还有多远
远方
也许停泊方外之船

2016.5.17. 关山

在林间
一溪春水

在林间　一溪春水
从树荫下悄悄流来
从脚底下悄悄流走
流入春天的河

禁不得时空轮回
日月如梭
在蓝天下漂泊
在星光下流淌
哪知岁月蹉跎

宛若一个美丽的少女
流尽了花容
流失了韶光
当黄昏的夕阳
照耀远方的峰峦
谁在感叹
鬓发如霜

假如
化作一朵浪花
呼啸而过
从此告别蹉跎
你是否带着我
奔腾去大海
看日出东方
看海鸥飞翔

在林间　一溪春水
春水汪汪……

2016.3.1. 关山

这一世平安

这一世平安
本属于每个人
当阳光照亮大地的日子
可曾忘却大雨倾盆

这是快乐与郁闷相间的岁月

犹如漫天流星
弹唱一首快乐之门
倏忽一道闪电震碎了梦呓
九天之上纷纷坠落紫陌红尘

把心之语寄托给半弯皎月
祝福普天下匆匆忙忙的人群
这一世平安也许太俗
相遇的时候
渴望看到你笑影盈盈
2016.5.2. 关山

最　　冷

最冷的寒流
从北方悄悄压来
天空灰蒙蒙
鸟雀已别楼台
只有枯树
在冷风中默哀

仰望苍茫
雪花悠悠漂泊
仿佛从远古
一直飘向大地的胸怀
大地承担不下
冰封万里
彼岸花也不会盛开

最冷的风景
也许在子夜
灯红酒绿的街头
偶见那童话中的女孩
双手依然捧着
最后一根火柴

最冷
莫过于心已成冰
即使女孩点燃
最热烈的光焰
也不能让心花
在爱的世界盛开
2016.1.22. 关山

第八章　漂移的空间

翱翔二月二

已经远离寒冬
万物复苏
把积累了一季的
向往
翱翔蓝天
试问天下九州

盈盈弱水三千
默默不语还休
望苍穹流云
飘过蓬莱知何求

飞遍天涯
任群峰纵横
波澜扶摇
放眼望
小小寰球……
  2017.2.27（农历二月二）

苍茫秋水

渐渐冰冷
渐渐生疏又荒凉
城外已经到了晚秋
城内喧嚣的空气
使人忘却此时风光

那澄澈的秋波
禁不得
万山红遍的折磨
把所有的黄叶
一起点燃
让光明的焰火
送那片红云
悠然去远方

渐渐淡泊
渐渐凋落却难忘
当夜幕降临
望远岸秋水
感叹！
苍天茫茫
大海茫茫
  2016.10.23 下午

苍溟的钟声

倏忽几声钟响
仿佛从遥远的苍溟
飘然而至
阳光早已照亮山峦
小鸟在霜风中歌唱

若如旧时故友
沉浮海角天涯
吟咏童稚的牧歌
若如蓬莱仙翁
漫步天域星汉
叹不尽人世沧桑
若如梦之神游
漂移异国奇境
呼唤苦寒荒芜的故乡

这是来自苍溟的钟声
悠悠敲响
那来来往往的人流
浑然不知
终日匆匆忙忙

天何渺渺
水何沧沧
冰雪欲下时
伊为谁歌唱

2016.12.9. 关山

禅　心

沿着宽阔的大道
向东
朝着太阳升起的方向
飞向朝阳
远方

霞光千万丈
怎抵及佛光普照
梵禅悟藏

让那朵白云
卷走凡尘烟雨
留取净明如雪
白云悠悠
带着千丝万缕
飘逸在苍茫
聆听佛音
把遥远的旅程
照亮
远方
依稀霞光万丈

2017.2.23. 武汉茗山

晨　鼓

在幽静的深山
在冥思的梦境
乍然敲响
天地依然黑暗
太阳尚未临幸

唤醒黎明
犹似金鸡报晓
大海升腾
遥望东方日出

聆听
苍茫之上
传来新世界的
声音
2017.2.24 凌晨　龙华寺

冬夜星光

也许星光
穿不透
这个黑暗的冬夜
冷风
将吹落颗颗流星
闪闪烁烁
耗尽宇宙间全部的能量

这个冬夜
是否
会失去物质时空
所有的贮藏
浮云
在午夜
燃烧成灰烬
皓月
只剩下半片衣裳

凝望
遥远的苍穹
依稀可见一点星光

随风漂移
直至彼岸的峰峦
淘尽沧桑
那是最后一点星光
能否
把前面的路程
照亮
2016.12.11 晚

飞雪传梅

冬日天寒
把柔柔雪花
饰若缤纷的霓裳
那个回风曼舞的子夜
竟忘却雪花如此冰凉

好想牵着你的小手
漫游在拂晓时光
沿着洁净逶迤的小径
踏雪寻梅
莫问
远方的路多么漫长

安详于纯洁无瑕
人世间最美丽的天堂
俨然冰天雪地
把最纯真的面貌
展示在现场

那群天真的少年
手拉手
在雪地奔忙
捧起雪球
飞向你
飞向我
好一场欢快淋漓的雪仗
全然不知
汗水已融化冰雪
湿了新年衣裳

那个扎小辫的小丫
折一束红梅
竟往雪林躲藏
喧闹的小伙伴
追逐梅香
一路芳菲痴狂
搅动雪花漫天
纷纷扬扬

刹那
远方升起了太阳
雪花　梅花
云霞　阳光
好一幅仙域天堂

2017.3.31 晨

蜉　蝣

君不见朝朝暮暮
只是岁月短暂的一瞬
挥手间
已不见天边那片彩云
难道你已随风飘走
甚至找不到遗落的心魂
腊月的寒雪连接冰河
正月里春风悄然临门
三月的杏花浪漫街市
五月石榴红艳艳
一见倾城
踏歌雨露做梦远游
沿着芳径踽踽前行
来不及看清绚丽风景
冷冷寒夜却已降临
呵！朝生暮死
岂止是生灵的最高境界
痴迷的尘世终究不得永存
仰天不语看星星闪烁
弯月西沉
远方只是一片彩云
生如蜉蝣
什么也不会带走
什么也不要奉承
茫茫天涯路
君为谁图腾

2017.1.17 晨

画　饼

漫天飘雨
也许会化作雪花飞扬
寒凝天下的日子
望断天涯路
找不到彼岸的光芒

仿佛一个饥饿的婴儿
追寻哺育的乳房
稚嫩的双眸
恍若流动的星光
孜孜以求
那梦中的月亮

成长的岁月
悠悠漫长
等不及
金稻银穗红高粱
走在原野上
只要有几棵野草
一泓溪水
泥土将吐露芬芳
鸿雁将飞回
梦之故乡

　　　　2016.12.20. 关山

荒　凉

这是一片荒芜的土地
也许远古
这里曾有奇花异草
绿荫深处
也曾遇见六角怪兽
无奈
百万年的冰河
把所有的阳光
吸入了无垠的黄土

后来　一夜春风
苏醒了全部的冻土
后来　一轮太阳
温暖了每个白昼
后来　我们在这片荒芜中
欣然携手

走过冰河
迎来了五千年的快乐时光
暖风吹过四野
花飞鸟闹
一群又一群古猿的后裔
把这里变成了繁华乐土

而今
寒冬却至

落叶纷纷　冷雨嗖嗖
恍惚
一夜之间回归冰河古丘
翌日醒来
凝望　满目荒凉
熟悉的河流
早已不见碧浪滔滔
呵！在这片荒芜的故土
谁还在不倦寻找
到底！
想找到什么？

2016.11.18. 关山

黄叶满地

树林中黄叶
风吹满地
寻寻觅觅
却不见旧时芳蕊
唯有路边翠竹
未减妩媚

找不到
满山红叶泛秋溟
纷纷扬扬
作别梦的藩篱
那群快乐的小鸟
依然在风中飞
寒风冷雨

不染一丝伤悲

捡一片黄叶珍藏
或许
这是最后的绚丽
千百次踩踏轮回
可曾换来春天的蓓蕾

此刻独自风雨
凭吊黄叶满地
风萧萧
迎面吹
犹忆雪花舞烛泪
长夜不寐
黄叶满地

2016.11.15. 关山

剪不断雨丝

如同艳春的柳絮
绿透岸堤
聆听青鸟相邀欢语
从黎明绵绵飘坠
到黄昏淹没了天边暮霭
淅淅沥沥
问君可曾倚栏听雨

这一季春光
终究沉沦于江南丝竹

潇湘水云
北流楚天舒
折一只粉色纸船
泛于青波之上
可否带着孩提的祝福
送往三月扬州
烟花满江渚
那一曲清风雅韵
梦之江南好
兰舟何处去

摘一条柳枝
轻拂浪花
去追赶下一个炎暑
春雨轻抚春风
岸上人家不闻鸟语
望流星
落纷纷
恰似此时春雨

2017.4.10 晨

枯干的柳枝蓬蒿

静送黄昏
岂止是一幅风景
悄悄消失在西天
直至没有半缕光芒
若去江畔
遥望
一江波澜滔滔

若乘一叶孤帆
漂流而下
向东方
向大海
奔往梦之琼州
可否遇见
那年春风吹落的花蕊
可否拾得
那夜皓月穿过的弯刀

2016.11.3. 关山

静送黄昏

天已临暮
几只小鸟匆匆归巢
缓缓的夕阳
不再伴冷风嘶号
归去
在远山

倦释春容

久放娇艳的桃花
已然凋零
柳絮飞扬
更换翠绿垂枝
迎接春雨蒙蒙
走过柳岸

山一重　水一重

卖杏花的村姑
早已移步湖畔
轻舟待发
去采撷荷韵莲蓬
春水滔滔柔似梦
翘首日出满江红

那一叶孤舟
消失在远岸地平线
那一片红帆
随风漂流往江东
星如萤
乱纷纷
犹恐醒来一场空

独向江畔
沐浴一帘春雨
洒落乌篷
莫道春风正好
春色正浓
望鸿雁
自在翱翔白云中

春风欲歇
春色将尽
倚栏问谁解语
倦释春容

2017.4.7. 关山

枯　萎

这是生命中
最落寞的时刻
所有的装束
被霜风脱尽
小鸟也放弃了
相依的盟誓
苍天为之流泪
却在今夜成冰

假如
明春不再苏醒
那么就在
孩提的篝火中
化为灰烬
用我生命的枯萎
为明天的太阳
增添一丝热情

待到春暖花开时
那玩火的孩提
是否还记得
在最寒冷的日子
我曾为他
燃起了瞬间温馨

呵！枯萎

不仅只生命
而是青春的心
2017.1.9 下午

枯柳咏

剪不断的枯柳
俯首岸堤
垂钓空枝黄丫
任凭冷风吹

这一季隆冬
也许直入冰河
再也不可回春婀娜
笑迎巾帼须眉

这一岁苦寒
也许别了诺亚方舟
再也到不了彼岸
欣赏燕舞莺啼

仅剩下长堤枯柳
相送孤鸿南离
此去不言北归

仅留下一泓波澜
相望残月西飘
何时重逢柳絮花飞

风依然凛冽
浪花沉眠河底
水草悄然枯萎

枯柳依然竦立
掠一身雾霾凄迷
安知何处去
沐浴暖暖骄阳
苏醒春之蓓蕾
2017.1.13 晨

蓝星追梦

若如思念
流星划过的瞬间
再也望不见

那一年的春色
染尽江南原野
绿柳吐絮
幻若满头华发妖冶
风中奔跑
依旧踏青少年

手拉手
把牛群赶进丛林
天空飞来
一群又一群大雁
雁儿在云霄

可否带上我？
翱翔苍穹
把万水千山寻遍

黄昏落照
犹似旭日东升冉冉
日暮西山
夜色中凝望
星星的笑脸
今夜是否又来入梦
梦里又看见
红月亮的媚眼

2017.3.10. 关山

冷风中的画

寒秋的丛林
看不到
姹紫嫣红的野花
草木在风中颤泣
秋雁早已去远方
远方可曾回家
蝶儿无影无踪
黄叶抖动枝丫

冷风吹过阡陌
冷落了三月柳絮
五月奇葩
就要进入

雪花飘飘的冬季
凝望天空
飞去飞来雪绒花

好想在风中
构思一幅画
凋零的四野
何处煮墨挥毫
落叶正萧萧下

梦中的美丽
只在梦之江南

冷风中的画
送与君
期待！
人间四月天
芳草满天涯

2016.11.1. 关山

柳之枯荣

一度春风
吹遍原野阡陌
绿了梦之江南
暖暖风中
举袂一串嫩芽
远方的岸春色阑珊

又见秋风
凋落庭院黄叶
随风片片坠入池潭
已别春风春雨
纷纷扬扬
恍惚星夜雪花璀璨

柳之枯荣
应了大千世界
万物轮回天下
繁华一梦春意绿
荼蘼何处泪潸然

忘却柳絮如雪
别了梦之江南
依然在枯柳湖畔
踽踽前行
风冷冷拂面
雨空挂云帆
悠悠然
正欲瞬间飘下

     2016.10.24 下午

迷失的归属

这宁静的峰峦
在雨雾中沉寂
冷风吹过
枯枝迎风摇曳

这高耸的楼台
在人流中竦立
来去匆匆
犹闻笑语依稀

这延绵的大道
在苍茫天地间逶迤
岁月如梭
穿越无尽的秀胝

如雨如雾红尘路
几度回眸情依依
转眼百年凡身
物换星移
可曾踏青春山
竟忘怀心旷神怡
可曾采撷秋实
却吞噬禁果离奇

宁静的峰峦
不属于你
高耸的楼台
不属于你
延绵的大道
不属于你

迷失的归属
在百年沧桑中拾遗
恍惚浮云一朵
凝结成美丽的虹霓

     2016.11.9. 关山

漂移的空间

在时空的年轮中
漫步寥廓
风轻轻送来
奇葩几朵
不闻花香
雨悠悠飘下
枯树数棵
湿透衣钵

曾经春风里徘徊
杨柳岸
遥怜花开花落
曾经红尘中沉浮
回眸处
独自天涯海角

只在苍茫短短的瞬间
未知来路　何问归途
却是浮生长长的苦旅
千里迢迢　山遥水阔

什么时候
挂一叶红帆
走向彼岸
寻觅那见不到的风光
什么时候

数满天流星
遨游天河
相守红衣舞雪的求索

漂移的空间
欣然前往
安知追梦自我
漂移的空间
等待阳光
哪怕迎来半弯皎月

2016.11.17. 关山

浅梦熙

那个阳光之梦
不曾惊醒
譬如生命
恰似早晨的太阳
冉冉升起

去追逐光明
如那只彩蝶
乘风向东翱翔
满心欢喜

若如有朝一日
浴火重生
终将成为一只金蝶
飞向天堂

欣然呐喊摇旗

把梦想赋予
春风　彩云　霞霁
从清晨一直走到黄昏
望日落江天外
暮色漂移

那只彩蝶
依旧迎风翩跹
在旷野漫游
飞入茫茫黑夜
不要停留
一直默默向前

黎明
就在远方
莫畏惧
山重水复逶迤

2017.4.5. 关山

青山外

云外青山
秋光万里唤烟霞
桂树已吐芬芳
欲驾鸿雁神游
阳光洒遍峰峦

已忘却少年游
牧童的竹笛
挥舞春衫
蓦然回望
云随风飘散
牧童归去
老牛无踪
青山却依然

而今举头远眺
秋色日渐浓
白发应逢秋霜
凝结万里江山
何时再举杯
壮别天涯
醉卧青山

2016.10.6 晨

倾　　倒

初春的骄阳
来不及倾倒
又被阴霾吞噬
又被寒风吹走
枯树，依然沉默
小鸟却在喧闹

夜雨
已湿了路边

几丛小草
行人远去
前方的风景
或如春天
或生荒草

倘若翌日
一轮红日喷薄而出
光耀滔滔
遥望东方
红霞伴海鸥飞来
直扑眉梢
伫立柳岸
依然为你倾倒

　　　　2017.2.21. 关山

人鱼畅想

若为一条鱼
宁向奔腾大海逐波帆
决不做凡夫俗子
酣醉的盘中餐

若为一条鱼
此生游遍江湖波澜
决不化身美人鱼
供世人品评凡身璀璨

若为一条鱼

发誓追随鳌鱼身翻
何惧世俗的狂潮污水
驾驭风雨直上蓬莱仙山

若为一条鱼
欣然遨游海天之间
不为眼前风花雪月
终将凤凰涅槃
翱翔九天
迎来春色人间

　　　　2017.3.11. 关山

上苍的祈福

冷风寒雨中
迎接又一个冰雪节
白雪公主去哪里了？
可曾在天堂安歇
送我一片雪花吧
那是圣洁的礼物

等待您
已经三百六十五天
年年岁岁
多少凡夫俗子
望眼欲穿
但愿每年的冰雪节
金山如云舞
飘入万户千家

恍若漫天飞雪
啊！
这是世人的愿望
如刀割腕
如酒浓烈

谁把世人的夙愿
呈送给上苍
风尘儿女
怎禁得风花雪月
仅在此夜
把一年的梦境
遥寄苍天
啊！上苍的祈福
是否？
已送给
每一粒尘土
每一片落叶

聆听，窗外
风依旧凛冽
雨依旧悲切

2016.12.25 晚

神话春耕

还没有走过冬季
还没有进入春天
等待一场冰雪

然后欣悦春耕

这是许久许久的记忆
仿佛过去了许多年
曾是世代农家子孙
而今不知人间云烟

那牧童老牛背上的玉笛
那村夫子夜欢娱的长箫
生生不息油然放射星光
黎明时分抚摸幸福的根

耕牛的犁铧翻开了春天一页
杜鹃鸟啼唱唤醒了满山杜鹃
金秋十月硕果摇曳
欢乐的爆竹催熟新一代诞生

此刻　漫步田野
俨然期待漫天飞雪
假如　阳光灿烂
那就让太阳
把星星和月亮一起燃烧

但愿今夜
星光下　月色中
可以看到
你的明眸　我的笑脸

2017.1.19 晨

太阳的魔咒

如果普罗米修斯获罪
只因从上帝那里偷得圣火
从此阳光普照
照亮你也照亮我

我不是阿波罗之子
却浑身充满火之光芒
是否藏匿神之咒符
到尘世寻觅天之宝藏

这是血与火洗礼的世界
怎禁得日月轮回交错
曾经的美丽化作一朵红云
乘风远去巡游浩渺苍凉

南来的风将吹走春色
漫天火烧云呈现一道火墙
问君是否期待凤凰涅槃
浴火重生岂能信口雌黄

春天的童话
怎抵及太阳的炙烤
天生万物本来源远流长
目送黄昏余晖袅袅隐去
你可曾安然脱衣上床

安然睡去
梦里喃喃絮语
犹如魔咒悄悄绕梁
也许不再期待黎明到来
心如止水
何必看到明天的太阳

　　　　　　　2017.4.14. 关山

天　荒

这不是期待的柳絮杏花
三月的浪漫还掩埋在田间
冷冷的风找不到一丝芬芳
寒雨飘落点缀夜色阑珊

苍天在荒凉中关闭了双眼
不再俯视红尘雾霾浮沙
那个春天的童话演绎成故事
明朝醒来安知花落谁家

荒漠在心海随风漂移
远岸看不见旧时红帆
海鸥早已去他乡漫游
海的女儿无语万丈波澜

在这个荒凉时刻
挥挥水笔随意涂鸦
或许
在不经意时

偶尔妙笔生花
                2016.1.11. 关山

天　翼

不再赞美
黑暗中的勇夫
完全不辨方向
一往无前
走向沉沦的沙漠
依旧加速

遥望浩渺苍茫
唯愿上帝
赐一双凌虚的天翼
任凭征途漫漫
看不到尽头
但愿太阳升起之屋
就是归宿
阳光照亮原野
山青翠
水碧绿

毕竟大千世界
无边无缘
何处寻找彼岸方舟
沧海桑田
总要到达终点
为谁救赎

也许可以漫游
美丽的梦境绿洲
祈祷上帝
把这双天翼打开
从此
再不在黑暗中踯躅
                2016.9.20. 关山

跳动的节拍

千百个轮回
又走向起点
跳动的节拍
仿佛月亮的双眸
太阳的脸

不必在时光的轮轴中
去寻觅曾经的欢笑
曾经的哭泣
悄然移动
如同逝水沧桑
远方的岸
收藏了多少遗失的容颜

岁月不堪老
时光何须苦等
春花谢了
夏荷凋了
秋月残了

冬雪还在明天

等待第一片雪花
轻轻抚摸你的脸
聆听心声
跳动的节拍
是否？依然敲打
那个如梦幻中
匆匆走过的少年
渐行渐远……
　　　　2016.9.21. 关山

听月弹唱

今夜月半弯
恍若告别天上人间
寒风已断枯蝉
遥望残月如帆

山走到尽头
水漫入边缘
独思琼楼千万丈
看夜色阑珊

你可曾在寒冰北国
踏雪无痕
我在大江之南
对月鸣禅

浮云连天幕
隐隐万里河山
举头望苍穹
听月弹唱
风物依然
　　　　2017.1.21 晚

望不穿慧眼

把天下所有洞察
上苍给我一双慧眼
太阳燃烧激情的岁月
星星穿越在遥远的地平线

漫漫长路何处是尽头
青丝嫩芽早已看不见
也许翌年独自秋山
杖藜把蹉跎的脚步
拖向蓬蒿荒蛮

竟往云端峰尖
可谓人生追求高远
伴太阳登顶
欣喜一览众山小
天地浩浩荡荡
此刻小小的我
不畏浮云遮望眼

可是遥远的彼岸

安能穿透
仿佛岁月永恒无边
什么时候
开启远航的船
哪怕孤独远航
也要让海鸥
把灵魂的圣光
带到苍茫
瞬间照亮
蓝蓝的海
蓝蓝的天

2017.3.21. 关山

无休止

这是
没有尽头的旅途
从呱呱坠地
到白发染霜
可曾看到
一丝春禾绕膝
两粒秋果薄酬

一直向前
不要回头
此生的风景
步步何求
无休止
从此岸的荒滩

走进彼岸的草庐

默默前行
远方仅是一片云彩
或许
还有一杯老酒

2017.2.16. 关山

消失的荒蛮

一片空旷的原野
正在渐渐消失
从人们的眼帘消失
一丛枯萎的野草
正在风中哭泣
重云垂天幕
冷风嘶嘶
明年春天
看不到芳草青青
静静的原野
将被高高的楼宇侵蚀

正在消失
原始的荒凉
自然的本色
渐渐消失
草根的荒蛮
童话的编织

偶见一只小鸟
在荒漠的上空低飞
仿佛在寻觅
梦魇的遗失
把它带走
记忆的咫尺

也许
再也回不到荒蛮
文明的高楼
将砸碎所有的原野河池
小鸟飞走了
远走他乡
那只秋蝉
悄悄掩埋在草丛枯枝
那只彩蝶
款款远去
在风中消失

2016.10.28. 关山

最后一丝信任
如同黄叶
潜然坠入泥沼沙漠
蓦然回首
几欲断肠
好想回到纯真的童话
相约一千年重逢
终不相忘

而今
幸存的半缕信任之光
也被尘土掩埋
信仰的力量
早已化作虚无
纷纷扬扬
看最后一颗流星坠落
仿佛信任的魂灵
从此消亡

2016.9.27. 关山

信任的流星

绵绵秋风
吹拂夏之燥热
未见一丝清凉
抬头望
眼帘高挂一轮太阳
期待晚秋的夜风
吹过流星的荒芜

虚　空

在渺渺无尘虚空
找不到往来的路标
过眼云烟弥漫
雾霭遮掩凝望的双眸

尘世的生灵
怎抵及超越时空的仙妖

浩浩荡荡
心灵之神
翱翔在九万里凌霄
等不得回首
茫茫寰宇独自扶摇

往前走
永远没有尽头
一往无前
此生不可回头
四面虚空
流星一颗又一颗飘坠
恍若璀璨的蓓蕾
在阳光下燃烧

心灵的那个梦境
却在永恒的彼岸
何时驾驭凌虚的神翼
穿行在时空轮回中
不屈不挠

呵！再回首
依然在茫茫云霄

2016.12.14. 关山

艳阳秋

最后的晚秋
欣喜灿烂艳阳

也许
最后一缕阳光
将把岁月
送入冬季的冰河

但愿不要
回归冰河时代
漫天遍野的坚冰
把时空的隧道封锁

踏着温馨的秋阳
在霞光中缓缓走近
恍惚
南飞的鸿雁
蓦然归航

是否？
春天已经到来
阳光照亮我的衣裳

啊！还有一季雪花
就在前方
纷纷扬扬……

2016.11.2. 关山

阳光下的飞鸟

清晨的阳光
照不到林荫深郊

那只稚鸟
正吸吮露湿的羽毛
伸伸翅膀
欲飞上云天
梦想胆气英豪

只因羽翼未丰
经不起云重风高
望远岸江湖
一泓波涛
那翱翔的鸿雁
正伴风帆
向南畅游滔滔

期待阳光
重燃夏日骄阳
驱散深秋的雾霾
复活峰峦的苞茅
若如五彩缤纷的旗帜
伴红叶摇曳
不言！天凉好个秋

在这个清晨
凭栏远眺
阳光下的飞鸟
迎接东方的霞霓
奋勇奔跑

    2016.9.19. 晨

阳光照亮金色天堂

最美妙的歌喉
不是夜莺，不是百灵
那是田间青蛙啼叫
那是原野春风浩荡
大千世界
芸芸万物皆发音吟唱

最想那闪烁的星星
欣然把太阳点亮
当我还在梦境中漫游
第一缕阳光冲破窗户
温暖我的衣裳

走出斗室的瞬间
炯炯阳光
刹那把我的躯体点燃
一直燃遍全身
直至灵魂，心脏

当生命焕发全部的能量
火红的世界
红彤彤光芒万丈
送我灼灼升腾
仿佛

就要升入天堂

睁开慧眼
阳光为我歌唱
2017.4.11. 关山

夜　色

飘渺
竟如此陌生
等不及相拥入怀
便化作了一缕云烟

我匆匆而来
你匆匆而去
俨然来自
两个不同的空间
相顾无语
重蹈沧海无边

随风消逝
悠远　悠远
远方有梦魇
可否吻着冰凉的脸
2017.3.3. 关山

一个世界里的两种对话

我从茫茫沧海飘来
带着冰河时代的雪凌
高挂在你的窗口
等你睁开双眸
晓光穿户
晨曦中
一串霞霁
一串寒冰
相映纵横燃情

你从漠漠原野走近
身披侏罗纪的橄榄青薪
铺满我的门前
待我走出陋室
春风拂槛
蓝天下
两行归雁
两岸芳汀
相望难解初心

莫道韶华逝水
谁倚东流海天清
从寂寞的此岸启航
彼岸

可曾荼蘼漫天
春花荡尽浮萍
怅然消失在
百步廊桥
十里长亭

    2017.4.8. 关山

迎接冰雪的日子

也许到了最冷的时节
天空没有阳光笑脸盈盈
小鸟不再发出欢声
只在林间悄悄穿行

从此岸
渐渐走向冰川
不知路途遥远艰辛
何时
进入天堂之门

假如登极山顶
望太阳冉冉上升
可否？
送我一片温暖的彩云

迎接冰雪的日子
奋勇追赶太阳之神
让漫天飞雪化作虹霓
雪花的梦魇一见倾城

   2016-11-25 关山

拥挤的街市

阳光没能按时上岗
也许
熙熙攘攘的人流
把太阳惊吓
从此再不敢起床
那奔驰的车轮
全然不顾
没有太阳的晨光
匆匆而来
匆匆而去
安知梦在何方
一味拼命狂奔
天地惶惶

再也看不到
风轻云淡的情景
走出房门
看街市人来人往
一派繁忙
那牧童吹拂晨曲的故事
只在梦中寻觅
那群天真的孩提
至今不知何处躲藏

穿行在拥挤的街市
早已忘却

这是地狱
还是天堂
假如天堂之上
亦如此情此景
还是回归地狱
那里
也许会有一方净土
几分清凉
远离了尘世的烦忧痴狂
何曾朝云暮雪
何曾地久天长

2016.10.14. 关山

月　转

最圆的月
在昨夜转轮
再过时日
渐成半弯沉沉
遥望满天星光
期待翌日之晨

月缺的日子
渴望月圆
月圆的夜晚
安知天涯故人

时光任匆匆
月缺又月圆

生命何其短
只在瞬息间
万物重归尘土
月色照不到彼岸水云

正是一年好风景
春花醉了行人
若到荼蘼绚烂
别了春风
从此天涯远去
再也看不到春光临门

恰如此刻
月圆转月缺
渺渺风波
渺渺红尘

2016.9.18. 关山

蛛　网

把博大的世界
编织成心梦
那不是流光穿云
也不是残萤悸动

仅为了获取
不值毫毛的小虫
却葬送了璀璨
或如春色消融

能否
笼罩所有的冲动
那一片落霞
再也照不见
半边空洞

    2017.2.28 晚 关山

自由之火

剪不断世间所有的罗网
上罩着天
冲突无法打破
下笼着地
翱翔难展翅膀

这个世界太小
抬脚就到了天边
欲踢开天幕
这个世界太狭隘
举手就触到天空
欲飞向苍茫

当一片霞光在晨风中临近
天使油然送来一团火
让她燃烧吧！
也许有一天
会烧开一扇窗口
我们携手穿过罗网
乘风扶摇直上

呵！倘若去往九天之上
享受自由的空气
自由的阳光
那是世人永恒的向往

    2016.10.8. 关山

走向冬眠

进入冬天
谁言这是无情的季节
北方吹来的冷风
把如花的芳韵终结

天地依旧浩阔
荒芜笼罩着所有落叶
看不到萤火虫闪亮
听不见林蛙鸣咽

多少生机
此刻全部沉默
啊！选择冬眠

进入冬眠
描绘一幅长梦的画卷
明春醒来
送我一朵杏花
梦里
曾经红梅唤春归
杏花如雪

    2016.11.13 晚

第九章 无眠

白云空城

好久好久以前
这里江汉油然交汇
却渺无人烟
云梦泽浩瀚烟波
水网纵横
我曾梦游到此沉睡

一梦醒来
此地已是繁华江城
熙熙攘攘人拥挤
茫茫九派
黄鹤飞来欲醉

又过了好久好久
庚子重回
新冠疫毒骤降
红批禁令封城
一梦再醒
乍见白云空城

白云坠落
黄鹤此去不复还
女娲炼五色石
弥补江汉浊漏水
精卫叼紫檀木
填充沧海无渊底

千万江城儿女
坚守孤城
何惧妖孽血盆大嘴

好久好久之后
依然一座城
锦绣飞花潮动
晴川历历芳草萋萋
忽悠忆起
好久好久以前
万家灯火俱寂时
那一座
白云空城

2020.2.11. 武汉

奔波之鼠
送我什么

猪之快乐
莫如猪八戒走进高老庄
鼠之欲望
依然属于纵情跳进粮仓
把半边月
一次又一次填满
却从未进入梦境约会嫦娥

对于鼠辈
斯人未曾心存半丝念想

在田野，在河畔
谁在枯干的禾秆下行走
独自去感受世界的荒凉
最后一片云
也被北风冷却
这个奔跑而来的鼠年
究竟能送我什么

我迎着北风前行
哪怕冰雪迎面降落
假如走到天之尽头
是否可以再绕地转动
轮回一次
红尘的寂寞

2020.1.19 晚

冰　水

我从一朵雪花
蜕变而出
水不是我的本命
而是我堕落的证书
冰是我的本心
却被世俗鄙薄而空虚

我在阳光下苏醒
就此毁灭完成轮回之需
下一次生命
我依然愿是一块冰

但不要化为冰水
供俗人随意降温清除
哪怕飞沫半空
幻若缤纷的雪花
带着卖火柴的小女孩
去把美丽的童话
送到每一个新居
从此我们在这个洁白世界
快乐无虞

2019.9.2. 武汉

城市的白夜光

天黑的时候
在城里徜徉
乍然望见
城市的上空
洒满白光
恍如白昼荡漾
啊！万家灯火
照亮重云夜幕
反射大地
顿作不夜城的辉煌

假如刹那电流停止
天地一片黑暗
如梦的城市
找不到一丝光亮
仿佛坠入地狱

回不到天堂

呵！倘若真的这样
人们是否逃离去远方
留给我一座空城
不知何往
没有灯火的夜晚
谁陪伴寻觅梦想
   2019.10.11. 武汉

冬之至爱

冷至寒骨
却无雪落亦不见
冰山
恍恍惚惚之梦魇
盘座于火山口
身披涅槃之袈裟
把寒天消融
带给世界一柱繁花
送暖风迎接黎明到来
一夜韶华
亦如晨辉中
万顷红霞

大千世界几轮回
走过火山
又上冰山
  2019.12.22 冬至 武汉

二月　不是春天

二月，在江城
空荡荡的街道
看不见行人
抬头望
天空没有一片云

好深邃的天
没有了底线浮沉
好悠闲的江水
依旧默默离别江城

去追寻那片白云
可相遇归来黄鹤
呼唤一声两声
一声日落
一声伤春

二月，在江城
看不见行人
二月，不是春天
春天！
属于活生生的人
   2020.2.2. 武汉

风雨方舟

遥遥一座城
临水而立
繁华几度春秋
江汉汇合处
依水而居
暴风骤雨从天降
万千生灵坚强抗疫
渺渺天涯路远
风雨送方舟

载着喜马拉雅的冰骨
载着巍巍秦岭的温柔
穿越千重山
万道壑
奔向大海
望海鸥直上云霄
不胜不休

风狂！为伊伸展
扶摇的神翼
雨淋！为伊洗涤
昨日的忧愁
向着明天飞驰
向着彼岸遨游

明天，太阳当头
彼岸，无限风流

2020.3.21.武汉

赶　考

亦如生命中
一场匆匆赛跑
趁日未升起
奔波在路上
风劲吹雨如织
忐忑旅途风雨无阻
向前走
迎接又一个陌生清早

人生本是一张白纸
岁月风尘
把它渐渐写满
一幅水墨画
半卷行书狂草
直至谢幕
谁持判笔圈圆
知分数多少

好一场
生生死死的赶考
漫漫红尘
得百分
还是半饥不饱
风骤雨狂凭栏望

一切随风吹走
船到桥头
问谁哭
为谁笑
    2019.12.18 下午　关山

故乡的油菜花开了吗

去年这个时节
前年这个时节
年年这个时节
走在故乡的路上
芬芳的油菜花迎风摇曳
在地平线伸展
在阡陌沃野绵延
大地黄遍峰壑黄遍
点点杨柳风
漫天黄金叶

今天这个时刻
今夜这个时刻
日日夜夜
封闭高楼的时刻
推窗远眺
却不能望见故乡
那漫山遍野的油菜花
飘逸

铺天盖地的黄金雪

想念！
故乡的油菜花
是否已经如期绽放
沐浴春光中招蜂惹蝶
过了明天，后天……
或许我就走下高楼
走出解禁的江城
去追寻油菜花的心结
那灿若黄金的花朵
可否等我重来
不见决不凋谢
在庚子年
这个春天
    2020.3.26. 武汉

孩子的啼哭唤醒黎明

漫漫长夜仿佛没有尽头
连小鸟也躲在巢穴悄然消沉
乍然一声啼哭东方渐白
孩子睁开双眸迎着黎明走近

北雁已南飞
鸣蝉亦无踪影
秋渐深

清霜正欲爬上红叶流金
孩子牙牙学语
迈开第一步
走向春天的大门

假如没有第一声啼哭
甚至天不会亮闪
深秋过后看不到冬日雪花
春之门安知何时开启
世人还要等待漫长的旅程

感谢上苍！
送来旷世孩提
一声激扬的啼哭
敲响了新世界的钟声

2019.9.30 晨

花开的声音

好美一场梦
梦里花开
在早春
没有听见南雁
归航的呐喊
红云
飘过一村又一村

梦里花开
依稀听见阡陌

花开的声音
一声两声三声
从风的方向
向我传递
一季春色渐转轮

快打开
久闭的大门
迎接春风初暖
悄悄聆听
花开的声音

祈祷！
太阳冉冉升起
春光满江城

2020.2.13. 武汉

画　　像

一尊颜，若只在心中缓存
终有忘却时刻
伊人心海枯竭时
慈念何以寄托三界
一季春光临门门却封闭
至今不曾打开
江城已望不见江花似火
黄鹤楼上吹玉笛
恍惚在域外

本不是念咒之身

久困围城渐起信念之冲动
浑沌的心智刹那间裂开
向苍冥合掌祈祷
东西南北天门开
把福音从遥远苍茫送来

夜深沉，无眠
竟是封城后常态
昏暗月光下展开纸张
握笔，画像叩拜
西方夕阳红
南海听天籁
送我禅机谒语
荡漾心怀……
奈何，西方诸神散
泥塑金身
千百年风吹日晒
仅剩泥胎
如同世人肉体凡胎
本应慈航普度
济生民一朝脱苦海
怎抵画舫纸船
经不起滔滔巨浪拍打
到不了西天
离不开东海
难以涅槃上天台

罢了！不要顶礼膜拜
画像，蒙昧
真如水月镜花
安能渡千万江城苍生
去梦游极乐

大千世界……

2020.2.22. 武汉

火山口点亮香烟

岁月不老
何吝时光的风暴
瞬间爆炸自然烈焰升腾
日月轮回到了骤变时刻
伫立火山口
用喷发的火苗
点燃一支香烟
笑看千秋红尘

世界没有末日
信念坚守着一代风流
香烟燃烧的紫气
吐一口
将熄灭狂奔的熔岩
刹那消沉

我依旧静坐峰巅
看最后一缕烈焰熄灭
冷凝坚硬的乱石
乍然惊人
吞噬渺渺烟波
融合天地之气
俯瞰这座山
绿染碧翠
屹立苍茫之上

浩荡凌云
　　　　2019.12.23. 贵阳

江汉夜色

夜色已被城市的灯火
湮埋
一只蓝蜻蜓
在夏末的黄昏里
飞上蓬莱
别了人间又一个凄清
秋岸
红叶摇落星光
点亮了江畔古琴台

静静等待
也许今夜可以听见
最后的高山流水
从江汉交汇处
飘进枯寂的心怀
那半弯月儿
藏入重云暮霭之中
再也看不到
唐帆宋舫
在黄鹤楼前夜泊
秋波东流去
屈子依然独吟"橘颂"
太白煮酒沉醉凤凰台
　　　　2019.10.21. 武汉

打开门窗

当晨鸡还在昏睡
当小鸟忘了拍打晓雾
当冷风送来一片淡霞
当虫蚁早起忐忑学步

把远方的汽笛
暂作迟暮的号角
把近临的犬吠
比若催生的抱负
关紧三十年前
睡不醒的黑漆门
打开三十年后
推不转的绿窗户

陶令的桃花源枯寂了
八百年
太白的白云边醉倒
行者的觉悟
从今后
打开所有的屋门窗口
让阳光照亮
苍生百年的全部
　　　　2019.11.11. 武汉

空 尘

如雨中一朵落尘
随风飘向凌霄
那空旷的苍茫之上
可曾看到无限妖娆

世间风物早已尽收眼底
再大的心
也藏不下遍野花夭
秋雨寂寥归鸿南去
留下一片空尘
无声无息风雨飘摇

百世繁华终将随风而散
谁在寻觅世界的尽头
来也匆匆去也匆匆
一群又一群过客
风中一朵尘雨中一片云
何等风光妖娆

2019.10.16. 关山

狂风吹不倒昆仑

季节的疯狂
如风！从北吹到南
翻越秦岭
席卷残云过泰山
吹冷东海波涛
凝冰
冰封万里海滩

极端时刻
疯狂到峰巅
欲把昆仑掀翻
千层尘埃
万丈泥沙
天破地裂在子夜
等不及黎明
太阳瞬间湮灭
黑暗！
统治天地人寰

盼星星
望月亮
渴见英雄挚剑凌空
挽既倒狂澜
扶起昆仑任纵横

可叹！
一季梦魇
竟如疯痴狂蛮
遥看昆仑巍巍依旧
风流天地外
谈笑凯歌还

2019.12.20. 武汉

没有一片叶为谁悲喜

天道如常
轮回亿万年不止
花开花落
从不问来自天边的你
叶绿叶黄
从不为谁悲哀或欢喜

把万物视为私有
哪怕一根青禾茅草
也会割裂自己
置身大千世界之外
一缕荷风
亦可带来欢喜

仿佛一片浮云
飘去飘来
忘却暮霭晨曦
遍野绿叶
裁作红尘芬芳袈衣

2020.4.17 晨

暮秋 一棵山菊

寒霜日渐临近
青禾日渐凋落
仅剩下根根空枝
等待下一季春天复活

浩阔的旷野
失去了往昔喧哗的感觉
雁儿飞走了
蝴蝶没了踪影
远山
几树红叶
摇曳凄清的寂寞

走近峰峦
荒草丛中一棵山菊
依旧孤独绽放
冷风吹来
四野飘逸幽幽花香

冰心风骨
是否要与霜雪来一场
拼搏
一场决定生死命运的
拼搏
直至春风送来
第一缕阳光

山菊
要与梅花、迎春花
一起去赴
桃李杏花之约
让秋之韵在春之晨
染尽琼楼高阁

暮秋，一棵山菊
在寒风中怒放
纵然霜雪如刀剑
她永远不会
凋落

2019.11.5. 武汉

那只捞月亮的猴子

传说中的那只猴子
踽踽独行
在汉水与长江交汇的坡堤
龙王庙的月光隐隐约约
汉水清清
摇晃秦岭的山魂
波澜不惊
大江滔滔
流动喜马拉雅的雪魄
叹为观止

它感觉在江汉之间
两个月亮随波漂移
它听祖先说
月亮之上美丽的嫦娥
艳若天仙
嫦娥怀抱玉兔
芬芳嫩肉如此丰腴

它每天在水边守候
渴望嫦娥从月亮坠下
落抱在怀独享不已
还想玉兔入锅
好一顿美味佳肴

它手持长杆在汉水打捞
它紧握矛枪去长江掘泥
月亮被划破没有抓住嫦娥
矛枪已折断玉兔依然蹦跳
它懊恼唏嘘
长叹生不逢时
它诅咒月亮
为何不停挂树梢
爬上即可与嫦娥亲昵

倏忽，一只老鼠跑来
它双手抓住生吞活剥
一只蝙蝠飞过
它纵身扑下
烧烤斟酒独酌
后来，捉鱼虫禽兽
河狸、狐妖、猫头鹰、龟蛇

天上飞的，统收
地下跑的，斩削
水里游的，通吃……
好奇葩的怪味
红尘烟火灼灼

终于有一天
它感觉全身痛刺
刹那间如万箭穿心
千刀割骨
它最后睁大眼睛
望着天上的月亮
想着嫦娥，玉兔
和它追逐嬉戏……

啊！好一个梦魇
惊悚的传说
一个捞月猴子的传说
月圆的日子
它在汉水边徘徊
月缺的日子
它在长江岸踯躅
今夜，去江汉两岸寻觅
却再也没有看到
那个猴子捞月

那个捞月猴子已死？
还是嫦娥玉兔双殁？
都是月亮惹的祸……

2020.3.11. 武汉

难忘围城

不是因为触法犯科
未曾罪己过犹不及
那一江波澜依旧东流
那几只离群孤鸟
在冷风中哭泣

不是古老旧梦重温
更没有黑色疫病演绎
从天而降
一场病毒弥漫江城
或许蝙蝠，或许狐妖
一群贪嘴的食客
惹火了上苍的报复

我在围城
我们在围城
再也没有资格哭泣
期盼阳光重照江城
白云黄鹤
从凌霄九重归来
再创生灵奇迹

呵，难忘围城
正值 2020 春节
在武汉
我们关窗相守

我们隔江相望
听一声春雷炸响
万道闪电
终将带回春风拂面
春雨淅沥
　　　　　2020.1.28. 武汉

瑟　瑟

寒冰不能冻结的心
却在夕阳余照里
随一江冷波
沉寂，直入水底
浩浩向东方
没有浪花明眸
忽悠岁月的流徙

任半边皓月
高照水波宁静
蓦然千万里
黎明时分
那一只海鸥
舒展蛾眉
浮光跃跃百回

大海
此刻沐浴盈盈朝晖
海天苍苍
欲与君相随
　　　　　2019.11.19. 武汉

山　路

拾级而上
两边凋零落花
拾级而下
野草已失芳颜
在城市一隅
热闹中的寂静
江湖之外
寂静中的喧哗

走在逶迤山路
一次又一次
恍若走过忘川河
无数的轮回叠加
淡了三生石的誓言
少了孟婆汤的惘然
在没有朝晖的黎明
仿佛走向夜色阑珊

拾级而上
天堂之路
铺满荆棘盅花
拾级而下
地狱之门
遍布欲火色难
　　　　　2019.9.17. 关山

天　剑

拂晓
朝晖沐浴山岗
沿着石阶拾级而上
屹立峰巅
高举双臂手抚沧桑
仿佛伸展两把长剑
直刺云端光芒
仰天长呼天地之气
一声喧啸
俨然舞起天剑
试问天地辉煌

浩浩苍天
可曾阴霾雾瘴
举剑荡涤
蓝天从此日丽风和
茫茫大地
可曾邪尘浊浪
挥剑切割
绿地从此鸟语花香

一双经天纬地之手啊
何时转动寰宇创新太阳
两把擎天拓地之剑啊
直指苍穹
顷刻迎来旭日霞光

剑舞红尘
浩浩然正气泱泱
哪怕地老天荒

2019.10.30. 关山

天上真有黑洞

无边无底
派一只鸿雁去探索
在秋后启程
直至白雪皑皑
仍不见归返
天遥地阔
那只可怜的探路者
消失在茫茫九霄

春后
又一年
叶绿碧野
一群又一群雁队
把天空沸腾
呵！那是雁儿子孙
从黑洞飞回
仰望
仰天呐喊
鸿雁！鸿雁！
你可探明
黑洞的方向？

2019.12.14. 武汉

天　书

来到这个世界之旅
四周闪烁星光
一颗流星曳着长长的尾焰
宛若进入蒙昧的灵魂
撰写神圣天书

沐浴黎明的晨辉
听青鸟匆匆踏歌而来
那一朵云
颤动灼灼彩霞
把美丽写满苍穹

从此
仰望天空
解读这数不清的经文
风声，雨声
雷鸣电闪
时时刻刻都在吟诵
滚滚红尘
这本厚实的天书
什么时候
我们可以读完

　　　　　　2019.12.15. 武汉

突　围

凉爽的秋风
把晨雾吹向天边
霞光在云深处浮沉
再听不到雁儿喧嚣

去迎接第一轮旭阳
照亮露珠儿闪电
放射一束束光斑
是否穿透无垠的天

总想超越本能
突破世俗编织的怪圈
跨过一座座峰峦
面对一道道冰川

　　　　　　2019.9.23. 武汉

无　眠

不要怨恨夜太漫长
月亮说
夜不是睡觉的温床
今夜无眠
正好我与你对话
你遥望我

我俯视你
一起无语诉衷肠

夜风越来越冷
不久就要凝结冰霜
你是否喜欢雪花
我带你悄悄走进冰河

无眼之夜
你渐渐穿上冰的衣裳
渐渐无思无欲
最后忘了凄美的月亮

2019.9.21 晨　武汉

无言三春晖

最后一次离开母亲
在故乡的村口
母亲目送我远走
直到看不见我的身影
母亲依然孤独地伫立在
故乡的村口

这是真的永离
再回故乡
从此不能见到
慈祥的母亲
站在村口
目送亲爱的儿子
远走
这是真的告别
游子的衣衫
留着母亲的针线
千丝万缕
三十二个春秋
匆匆如昨
母亲永恒伫立在
故乡的村口
等着儿子
往回走

谁言寸草心
芳草年年绿
安知慈母衣破旧
何报三春晖
春去春来荒塚草
春树已老
此情未了

2020.5.10 母亲节

乡愁咏叹曲

童年的乡愁
是一双翩翩飞翔的
蜻蜓之眸
寻觅绿稻荡漾的田野
萤火虫魂绕路边的草楼

少年的乡愁
是一筐沉甸甸的红苕
长长的青藤
爬满坡地山沟
背着书包上学的日子
难舍半饥不饱的潦倒

老年的乡愁
是一片游子迁徙的鸿毛
少小离家千万里
梦在乡音漂流
叶落归根却是父母坟前
野草荒芜

    2019.11.10. 武汉

行者无敌

自由自在的日子
在无边旷野不停步
每一步都有新境界
每一步都是新觉悟
问行者焉能穿云破雾

闭门不出的日子
心之旅依然不停步
万物之最在于心
仿佛一个梦境
柳暗花明山重水复

不要滞留在某地
身先行心随步
身若不行心须超越
行者终成圣人
日月做伴凌虚漫步

    2020.2.23. 武汉

眼睛看不见的天空

太广茫太遥远
容纳了所有的星星
把月亮抱在怀中
几十亿双眼眸
仅看见满天亮晶晶

太深邃太沉重
如临黑洞埋伏的深渊
吞噬了魔幻的神话
岁月忐忑的时光
还有几颗不寂寞的心

我们的眼里
只有太阳月亮和星星
飘渺的云追逐着风
视野之外
暗物质和量子结婚
将诞生

一个什么样的生命

我们的眼睛
已经看不见天空
云和雨交汇闪电雷鸣
伸出双手
试图抓住最后一缕春风
此时此刻如此淡定

    2020.3.9.武汉

一个与世无关的年

这个春节
终于停止了一切
多少匪夷所思
甚至此生
难逢如此之年

门，好久不打开
倚窗遥望不太蓝的天
梦中的大雁为何不回
白云化作冷雾
尤恐黄鹤成为一朵飘烟

仿佛，世界刹那间凝结
忘了吧！
所有的爱恨情仇

舍了吧！
所有的风花雪月
今天，纵然与世无关
我们！依旧
等待明天
明年……

    2020.2.6.武汉

一根羽毛的梦呓

本出自凡鸟之身
生不在仙鹤之群
一阵风吹过
庆幸脱了凡鸟牵挂
自由自在奔腾
梦想有一天
升入天堂之门

天空好大好蓝
放眼一望无垠
偶尔去寻找边缘
却是满目风尘
有时感觉天空太小
容不得我纵览乾坤

让风儿送我
向着太阳飞奔
直至扑向烈焰自焚
用一根羽毛
燃烧的光和热

照亮你梦呓的旅程
2019.11.20. 武汉

一片枯叶的宿命

凉风吹落一片枯叶
它不能随风飞上云天
它悄无声息坠入泥土
与大地默默相连

多么仰慕那片彩云
凌霄九重渺视人间
总在漂移的流光之中
片片枯叶耗尽本能

静静地安然于尘埃
被风沙湮灭
翌年泥土中冒出
一片绿芽
欣怡迎来宿命的
又一个春天
2019.10.13. 武汉

与黑夜对话

每一个夜
每一颗星星

闪闪烁烁
恍惚都在与黑夜交谈
借问秦时明月
是否照见秋江锦帆

每一个夜
每一层梦境
迷迷荡荡
仿佛都在与黑夜纠缠
遥想碧海青天
乍然飞来一片红云丹霞

每一个夜
都会走向黎明
星星在阳光下沉眠
月亮也坠入波澜
梦境刹那消失
仅留下明晃晃的天蓝蓝
一只鸟儿飞过又飞来
是否？与我对话
2019.8.19. 武汉

约会太阳

在黑夜漫步太久
恐怕黎明遥遥无期
打开手机向太阳呼叫
你可否在前面等我
哪怕等一个世纪

心往光明
这是不二的选择
只要没有错过时机
如果太阳沉眠不醒
我一定守望
哪怕再等一个世纪

倘若太阳收到信息
请快快早起
彼岸雾浓露冷
衣冠霜结华发雪凝
只要再会太阳
无语表达心旷神怡

2019.11.22. 武汉

云在天涯

漫步天地之间
望苍茫
何等坦然
相聚爱雨时刻
伴闪电潮爽笑谈
好想日升之韵
燃放情缘的璀璨

抚摸青树
玉龙箫管撑锦帆
红衣舞霓裳
飘雪拥丹花

沐浴芳蕊
香露润物醉馨潭
玲珑滋晓晖
宁静好人家

风乍起
飘呀飘,飞呀飞
飘去飘来
飞上飞下
梦游几轮回
云在天涯

2020.5.31 晨

在关山
找不到秦时明月

有一个精灵,在时光隧道
狂奔
仿佛追踪造访某位老者
把千万年的旧事诉说
常恨人心不如水
自在等闲,在关山
可曾找到秦时明月
桃花潭水,驾一叶扁舟
往波澜深处
或可遇见太白

煮一壶春秋老酒

酌满夜光杯
翘首以望今夜明月
假如秦风汉韵遗失
那么梦回唐朝
一定要找到太白

山遥路远
安知太白云游何处
从关山飞渡天山
啊！明月出天山
苍茫之上，重逢太白
斗酒十万盅
同醉酣卧关山道
依稀望见
秦时明月

2020.4.30. 关山

站立时顿悟

熙熙攘攘的人流
在这里汇合
争先者庆幸有座
恐后者无奈站着

颤抖，颠簸
向前去
目的地各自明确
有的很远
有的近处几脚

一个又一个离去
一位又一位争夺
斯人依然站着
无视左右四方
顿悟：堂堂正正站着
此刻，心底无限空阔

低头
瞥一眼呆坐的脸庞
似有万斤重量
压抑住手脚
不敢自如张望
垂首困乏的眼药
而昂首站着
转眼观察各个角落
仿佛把人生一次乘坐
洞穿至灵魂之寂寞

呵！好好站着
悟道多少生命要约
如同此刻
车轮转动不停地求索

2019.9.24. 武汉

追日神风

我是二千年前
追逐太阳的神风
我从云南元谋

追风至北京山顶洞
我从黄河九十九道湾
追风至长江蜀巴东
顺风顺水呵
出三峡奔楚湘
至吴越
梦江南红袖招
春酒一杯醉芙蓉

东海日出呵
海鸥一声
带我凌霄苍穹
风尘仆仆
遨游天地人间
问君何处再相逢
海沧沧雾蒙蒙
我从东方来
伴太阳巡遍九州
遥遥梦寄鲲鹏

啊！日出江花红
秋水一色
夕照四大皆空
飞翔！飞翔！
向着太阳飞
我是追日神风

2019.10.20. 武汉

捉蜻蜓的小孩

在黛绿田野天真放步
春风把朵朵花蕾剪裁
追赶蜻蜓花间狂舞
呵，多么快乐的小孩

粉色花瓣随风吹走
霓裳熏香伴蜻影徘徊
采撷一片云高挂柳枝头
风中花语飘上楼台

春风终将随花散尽
小河滔滔奔腾向大海
黎明的雾黄昏的烟
蜻蜓的翅膀
是否把蝴蝶梦张开

2020.3.19. 武汉

自由之鸟

放飞
一只小小鸟
随季风
秋往南方
春回故园

自由的蓝天
自由的白云

宛若那只鸟儿
飞遍自由的天城
昨天在火山口观景
明日在冰河敲门

来来去去无尽路
数不清日月转轮
多少繁华回头空
亦如流水
亦如风尘
    2019.12.30. 关山